I0590852

ENTFÜHRT VON DEN BERSERKERN

EINE GESTALTWANDLER-
DREIECKSROMANZE

LEE SAVINO

KOSTENLOSES BUCH

Hol dir ein kostenloses Exemplar von Gezeugt von den Berserkern und Eine Berserker-Geburt, indem du dich für meinen Newsletter anmeldest.

Der dritte Teil von Daegans, Brennas und Samuels Geschichte. Lies den ersten Teil in Verkauft an die Berserker *und den zweiten in* Gepaart mit den Berserkern. *Diese Novelle ist kostenlos, ein Geschenk.*

https://BookHip.com/PKRMGC

ENTFÜHRT VON DEN BERSERKERN

Meine Mutter hat mich davor gewarnt, allein in das Wäldchen zu gehen. Aber wenn der Mond voll ist, gerät mein Blut in Wallung ... und ruft nach ihnen.

Die Berserker kamen in der Nacht und holten mich. Ich erwachte in Ketten vor der Höhle der Monster.

Sie waren Krieger, von einer Hexe dazu verflucht, räuberische Bestien zu werden. Sie haben mir mitgeteilt, dass ich ihre Gefährtin bin. Die Prophezeiung besagt, dass ich die Einzige bin, die sie heilen kann. Aber kann ich die Bestie, die ihren Geist heimsucht, wirklich bändigen ... bevor es zu spät ist?

1

Der Wolf stand in der Mitte des Waldpfads, als wartete er auf mich. Zuerst sah ich die riesige, von Schatten gesprenkelte Gestalt nicht, bedeckt von einem Fell so schwarz, dass es beinah bläulich wirkte. Als ich sie bemerkte, erstarrte ich und umklammerte krampfhaft meine Körbe, als könnten sie mich irgendwie schützen. Natürlich konnte ich meine Waren fallen lassen und die Flucht ergreifen, aber wenn ein Raubtier dieser Größe mich jagte, wäre ich so oder so dem Untergang geweiht.

Nach einem ausgiebigen, eindringlichen Starren in meine Richtung schlich der Wolf davon und ließ mich zittrig vor Erleichterung zurück.

Wäre ich klug gewesen, ich wäre zum Markt zurückgekehrt und hätte einen der Dörfler gebeten, mich durch die gefährlichen Wälder zu begleiten. Jeder der schneidigen Bauernjungen hätte mich mit Freunden nach Hause gebracht – mein langes, honigblondes Haar lockte sie an wie Nektar Bienen. Doch ich zog es vor, den Weg allein fortzusetzen. Meine Schwestern und ich lebten am Ende des Dorfs, und ich konnte mein Zuhause vor Einbruch der Dunkelheit erreichen, sofern mir keine weiteren Wölfe den Weg versperrten.

Ein Rascheln im Unterholz verriet mir, dass sich in der Nähe noch weitere Raubtiere herumtrieben, die so kurz vor der Dämmerung auf einfache Beute lauerten. Ich beschleunigte die Schritte und rief meiner Schwester Muriel zu, als ich mich unserer Hütte näherte.

Sie kam mir auf der Eingangsstufe entgegen.

»Gute Geschäfte auf dem Markt?«

Ich hievte mir meine Last von den Schultern und reichte ihr die größtenteils leeren Körbe. »Gut genug, um Fleisch zu kaufen.«

»Oh Sabine, das hast du nicht«, sagte Muriel. »Wir haben noch reichlich von der Gabe diesen Monat.«

Mit einem Brummen bückte ich mich, um die Hütte zu betreten. Ich hatte kein Fleisch gekauft, obwohl ich es wollte. Wegen der auf unserer Schwelle hinterlassenen Gabe. Der Gabe, die wir seit dem Verschwinden meiner Schwester Brenna jeden Monat erhielten.

»Wie viel haben wir übrig?«, fragte ich und wartete am Eingang, bis sich meine Augen an die Düsternis in dem feuchtkalten, von Rauch verhangenen Raum gewöhnten. Muriel ging hinüber zum Feuer, sortierte die Körbe und hängte die Büschel übriggebliebener Kräuter auf.

»Einen ganzen Haufen. Diesmal war es Reh.« In manchen Monaten handelte es sich um Fleisch von Wildschweinen oder um einen Haufen Kaninchen. Das wechselte, aber es reichte immer, um uns die Bäuche für Tage zu füllen und noch länger, wenn wir es pökelten und dörrten. »Ich verstehe nicht, was du dagegen hast.«

»Ich *bin* dankbar für die Geschenke.« Die Lüge

schmeckte bitter auf meiner Zunge. Früher hatte ich geglaubt, Brennas geheimnisvolles Verschwinden hätte etwas mit den Fleischgaben zu tun. Einmal war ich die ganze Nacht wach geblieben und hatte gewartet, um einen Blick auf den Überbringer zu werfen. Letztlich war ich jedoch eingeschlafen. Kurz vor Sonnenaufgang erwachte ich durch das Geräusch eines brechenden Zweigs. Und auf dem Boden lag der Kadaver eines großen Keilers, so nah bei meinem Fuß, dass ich ihn berühren konnte. Der Jäger war gegangen, während ich geschlafen hatte. Wir mussten alle drei mitanpacken, um das erlegte Tier zur Feuerstelle zu schleifen, wo wir es zerteilten. Von dem Fleisch hatten wir wochenlang gezehrt. Seither hatte ich nie wieder gewartet, um dem Jäger aufzulauern.

Muriels Stimme riss mich aus meinen Gedanken. »Weißt du, Schwester, du musst es ja nicht essen. Dann nehmen uns nur Fleur und ich unseren Anteil und verschenken den Rest.«

»Fleur sollte gar kein Fleisch essen, wenn sie sich immer noch nicht gut fühlt. Nur Suppe und ein bisschen Fladen.« Die um wenige Minuten jüngere Zwillingsschwester war oft krank. An diesem Abend lag sie in der Ecke der Hütte eingekuschelt in einen Haufen Decken, der unser Bett darstellte.

Ich verstaute die restlichen Kräuter, während mich Muriel mit Fragen löcherte. »Wer war am Markt? Hat dich der Priester behelligt?«

»Es ist nichts Ungewöhnliches passiert. Außer, dass ich auf dem Weg nach Hause einen schwarzen Wolf gesehen habe.«

»Ein böses Omen.«

Ich zuckte mit den Schultern. »Kein Tier ist wahrhaft böse. Und Wölfe sind oft Vorboten von etwas Gutem.«

»Warum hast du nicht einen der Männer im Dorf gebeten, dich nach Hause zu begleiten? Du weißt, dass du dafür jeden hättest kriegen können.«

Ich bedachte sie mit einem scharfen Blick. Muriel, die ältere Zwillingsschwester schaute mir für ihre sechzehn Jahre entschieden zu wissend drein.

»Die Männer im Dorf sind Narren.«

»Wie willst du dann einmal einen von ihnen heiraten?«

»Gar nicht. Ich werde nie heiraten. Liebe ist töricht. Sie schwächt den Geist.«

»Und was ist mit uns? Ich möchte mich schon verlieben«, meldete sich Fleur mit matter Stimme zu Wort.

Ich rang mir für meine zwei Schwestern ein Lächeln ab. »Und das wirst du. Muriel und du werden eure wahre Liebe finden, dafür werde ich sorgen.« Ich achtete darauf, mit tiefer, kräftiger Stimme zu sprechen, um die beiden in meinen Bann zu schlagen, während ich das Bild für sie zeichnete. »Starke Männer, die euch ein Haus aus den riesigen Bäumen tief im Wald bauen werden. Sie werden euch ein Bett aus einem lebenden Baum schnitzen, und jedes Kind, das ihr gebärt, wird überleben.«

»Und du willst keinen? Also, keinen Mann?«

Ich biss mir auf die Zunge, um meine wahren Gedanken für mich zu behalten. Männer waren Narren, und der Umgang mit ihnen verursachte zu viel Ärger. Die halbe Zeit führten sie sich wie Kinder auf, die halbe Zeit wie tobsüchtige Rüpel. Ich hatte mit angesehen, wie meine Mutter einem verfallen war, der sie geschlagen hatte und meine große Schwester betatschen wollte, die es stumm ertrug und uns bis zu ihrem Verschwinden beschützt hatte. Mein Stiefvater war kurz nach Brennas Verschwinden von einer Bestie angefallen und verstümmelt worden. Ich hatte gelacht, als wir seinen Leichnam gefunden hatten.

»Einen Mann? Damit wäre ich nie zufrieden. Vielleicht mit zwei, wenn sie genauso klug wie wunderschön wären.«

»Zwei Männer? Gleichzeitig?« Fleur rümpfte die Nase.

»Warum denn nicht?«, zog ich sie auf. »Dann kann ich sie zusammen wegschicken, zum Jagen, zum Grunzen und zum Rülpsen. Ich werde sie dazu bringen, mich anzubetteln, dass sie zurück in mein Zuhause dürfen.«

Fleur lachte, Muriel hingegen blieb stumm. Als ich um das Feuer herumhantierte, kam sie dicht zu mir und sprach mit leiser Stimme.

»Es sind nur noch ein paar Nächte bis zum Vollmond. Gehst du in das Wäldchen?«

»Vielleicht.«

Meine Schwester atmete scharf ein. »Sei vorsichtig.«

Statt zu antworten, bückte ich mich und überprüfte das unerwünschte Fleisch. Es landete immer frisch und blutig vor unserer Schwelle, als wäre es dem jeweiligen Tier gerade erst aus dem Leib gerissen worden. Muriel briet gerade etwas davon mit Rosmarin und anderen Gewürzen. Bei dem Duft lief mir das Wasser im Mund zusammen. Mit finsterer Miene schnitt ich mir etwas zum Abendessen davon ab.

Anfangs hatte ich es abgelehnt, das Fleisch zu essen – als könnte meine Verweigerung des Geschenks irgendwie meine Schwester zurückbringen. Meine Mutter hatte mich eine Närrin dafür genannt.

»Deine Schwester Brenna ist tot«, hatte sie mir erklärt. »Du hast noch zwei jüngere Schwestern, die zu versorgen sind. Jedes Essen ist willkommen.«

Ich hatte gewartet, bis meine Mutter auf dem Totenbett gelegen hatte, um ihr zu sagen, was ich tief in meinem Herzen wusste – nämlich, dass Brenna noch irgendwo, irgendwie lebte. Woher ich es wusste, vermochte ich nicht zu sagen, aber es war so.

Meine Mutter hatte geseufzt. »Übernatürlich. Wie deine Großmutter. Sie hatte die Magie der Erde. Die hat ihr Dinge verraten – sie hat gewusst, dass sie gestimmt haben, konnte aber nicht erklären, warum.« Meine Mutter hatte mit ihrer ausgemergelten Hand meine Finger gedrückt. »Sei vorsichtig, Sabine. Das Wissen deiner Großmutter hat sie nicht gerettet, als sie auf dem Scheiterhaufen verbrannt wurde.«

»Sabine, hast du mich gehört?«, fragte Muriel und beugte den Kopf näher zu mir, damit uns Fleur nicht belauschen konnte. »Eine gefährliche Bestie treibt sich in der Gegend herum. Es könnte der Wolf sein, den du gesehen hast. Vater Benton war eines Abends zur Vesper draußen und hat alle seine Ziegen abgeschlachtet vorgefunden.«

Beim meinem letzten Gespräch mit Vater Benton hatte er mir vorgeworfen, mit dem Teufel im Bunde zu stehen. »Wie schrecklich. Die armen Ziegen.«

Muriel sah mich stirnrunzelnd an. Mit ihren dunklen Haaren und grauen Augen wuchs sie zu einer Schönheit heran, aber sie besaß auch Köpfchen, wenn ihr Aussehen sie nicht davon abhielt, es zu benutzen. Ich behielt sie zu Hause, so gut es ging, um zu verhindern, dass die Männer im Dorf auf sie aufmerksam wurden. Manche Männer waren schlimmer als Wölfe.

»Ich werde vorsichtig sein, Muriel. Ich muss hingehen, das weißt du so gut wie ich.«

Mit schmalen Lippen musterte mich Muriel einen Herzschlag lang, bevor sie nickte. Sie verstand.

Ich wartete, bis sie und Fleur eingeschlafen waren, bevor ich mich auf der Suche nach Einsamkeit aus der Hütte schlich.

Einmal im Monat überkam mich die Brunst. Ein Fluch

der Göttin, so hatte meine Mutter es genannt, obwohl sie nicht so stark darunter zu leiden schien, wie ich es tat. In jüngeren Jahren hatte ich mich der Lust hingegeben und mir einen Mann zum Befriedigen der Sehnsucht zwischen meinen Beinen gesucht, doch in den letzten Monaten war ich allein davonmarschiert, in den Wald abseits des Dorfs. Die Begierde in mir ließ sich nicht mit einer einfachen Tollerei im Heu stillen, sie hungerte nach den starken Armen eines Mannes, einem wilden Schäferstündchen an einem geheimen Ort.

Als der Mond aufging, befand ich mich bis zur Hüfte im Waldteich und verteilte Wasser auf meiner fiebrigen Haut. Während ich schwamm, summte ich vor mich hin.

Ich hatte den Teich gerade verlassen und zog meine Gunna an, als ich über den Bach hinweg in die goldenen Augen des Wolfs blickte. Mein Rock fiel mir ins Wasser.

Dummes Mädchen, vermeinte ich, meine Mutter schimpfen zu hören. *So spät allein draußen unterwegs.*

Langsam wich ich einen Schritt zurück. Der Wolf rührte sich nicht von der Stelle. Ein weiterer Schritt und noch einer, da schien es schon, die Bestie würde mich unbehelligt von dannen ziehen lassen. Mit einem gemurmelten Dankgebet an die Göttin schlich ich in die Richtung zurück, aus der ich gekommen war.

Ich schaffte es bis zum Rand des Wäldchens, als ich einen Wind im Rücken spürte, eine mächtige Schwingung, die mir einen Schauder durch den Körper jagte. Ich wagte nicht, mich umzudrehen, zog nur die Röcke hoch und rannte los.

Vor mir flackerten die Lichter der Hütte. Kaum hatte ich den Hauptweg erreicht, schlossen sich starke Arme wie Eisenbänder um mich.

Mein Angreifer zog mich rückwärts, während ich mich

krümmte und um mich trat. Eine Hand klatschte über meinen Mund. Panik stieg mir erstickend in die Kehle. Meine Beine strampelten durch die Luft, als er mich zurück in den Wald schleifte.

»*Nein, nein!*«, ertönten meine gedämpften Schreie, als ich nur noch Bäume sah. Ich verlor die Hütte meiner Familie aus den Augen. Nach wenigen weiteren Schritten verschwand auch das Licht der Kerze hinter dem Fenster.

Ich trat zu, so fest ich konnte, und hoffte, irgendwelchen Schaden zu verursachen. Die Hand um meinen Hals drückte warnend zu.

»Sabine«, grollte eine tiefe Stimme meinen Namen, und ich erstarrte vor Schreck. »Sei still.«

»Bitte«, versuchte ich zu betteln, und als ich das Wort kaum herausbrachte, fuchtelten meine Arme und Beine voll Panik. Die Hand schloss sich um meine Kehle, würgte meinen Schrei ab. Nach einigen weiteren Tritten entschwand die Welt, und alles wurde dunkel.

ICH ERWACHTE WUND. Mein gesamter Körper schmerzte. Mit noch geschlossenen Augen fing ich an, Muriel zuzurufen, dass sie bei den Hühnern nach Eiern sehen sollte, und meine Kehle brüllte nach Wasser. Mit pochendem Schädel tastete ich nach den Kräutern, die ich wegen Fleurs Krankheit in der Nähe unseres Bettes aufbewahrte. Nichts.

Ich öffnete die Augen. Statt in der Hütte lag ich auf dem Boden einer großen Höhle, eingewickelt in ein Fell. Die Morgenluft fühlte sich kühl in meinem Gesicht an. Hatte ich die ganze Nacht draußen verbracht?

Dann kehrte das Grauen der Erinnerungen zurück. An die tiefe Stimme, die meinen Namen gegrollt hatte, an die

Hand um meine Kehle. Als ich um den breiten Eingang der Höhle herum in die Wildnis draußen spähte, wurde mir klar, dass mein Albtraum real war.

Angst durchströmte mich. Hastig rappelte ich mich auf die Beine und wollte hinaus in den Wald rennen. Meine Flucht wurde vereitelt, als mir ein Bein unter dem Körper weggezogen wurde. Ich schaute zurück und erblickte die Kette um mein Fußgelenk.

»Nein«, stieß ich atemlos hervor und zerrte mit den Fingern an der schweren Schelle. »Nein, nein, nein.«

Mein Angreifer musste mich in diese Höhle in der Wildnis geschleift und als seine Gefangene angekettet haben. Ein Wolf hätte sich den Fuß abgenagt, um sich zu befreien. Ich konnte nicht mehr tun, als zitternd auf dem Boden zu sitzen.

Lange musste ich nicht warten. Leise und auf nackten Füßen näherte sich mein Entführer aus dem Wald. Ich stand auf und zog das Fell enger um mich.

Im Morgenlicht wirkte sein Gesicht genauso furchterregend wie in der vergangenen Nacht. Grobknochig und grausam, scharfkantig wie eine Klinge, gesprenkelt mit Bartstoppeln. Er trug zwar eine Lederhose, aber seine Füße und seine Brust waren nackt. Seinen gesamten Körper – die Arme, Hände, sogar die Füße – bedeckten bläuliche Tätowierungen, die Zeichen eines uralten, weit von Alba entfernt heimischen Stammes.

Mein Herz pochte gequält, als er näherkam, aber er trug nur eine Armladung Holz an mir vorbei zu einer großen, von Steinen umgebenen Feuerstelle. Als er sich aufrichtete und sich abwischte, traf mich sein Blick in die Augen wie ein Schlag in den Magen. Meine Hände ballten sich zu Fäusten, doch ich weigerte mich, wegzuschauen.

Schließlich bückte er sich, hob einen Eimer auf und

brachte ihn mir, stellte ihn ein Stück entfernt ab – wo ich ihn trotz der Kette erreichen konnte.

»Du musst durstig sein«, grollte er mit rauer Stimme. »Trink.«

Ich wartete, bis er zurücktrat, bevor ich mich zwang, mich in Bewegung zu setzen und zu tun, wozu er mich aufgefordert hatte. Das Wasser schmeckte frisch. Kein Gift. Aber wenn mich mein Häscher töten wollte, müsste er nicht darauf zurückgreifen. Er stand da wie ein Krieger am Rand eines Schlachtfelds, die Züge ausdruckslos, der muskelbepackte Körper angespannt, als wäre er bereit, sich jeden Moment in ein Kampfgeschehen zu stürzen. Die Stärke der Muskelstränge an seinen Armen hatte mich buchstäblich von der Schwelle meiner Hütte zurückgezerrt. Als ich schluckte, stellte ich fest, dass er mir mit seinem Griff beinah die Kehle zerquetscht hatte.

»Wer bist du?«, presste ich erstickt hervor. »Warum bin ich hier?«

»Mein Name ist Maddox.« Seine Stimme klang heiser, als hätte er sie seit vielen Monden nicht mehr benutzt. Statt meine Frage zu beantworten, kehrte er mir den Rücken zu und machte sich daran, ein Feuer anzuzünden.

Ich trank eine weitere Schöpfkelle voll Wasser. Mein Spiegelbild sah verängstigt aus, also bemühte ich mich um einen unverbindlichen Ausdruck, während ich langsam trank und mich nach einer Fluchtmöglichkeit umsah.

»Versuch nicht, wegzurennen«, warnte mich Maddox, ohne aufzuschauen. »Die Wälder sind voll von Monstern.« Er legte den Kopf schief und ließ ein Lächeln aufblitzen, das mir das Blut in den Adern gerinnen ließ. Seine Eckzähne wirkten ziemlich scharf. »Oder vielleicht verbreite ich das Gerücht auch nur, um andere fernzuhalten.«

Ich richtete mich auf, brauchte allen Mut, den mir meine Größe verleihen konnte. »Wenn du keine Besucher magst, warum bin ich dann hier?«

Maddox drehte sich um und kam mit gemessenen Schritten auf mich zu. Ich musste den Kopf in den Nacken legen, als er über mir aufragte.

»Du bist nicht bloß ein Besucher.« Eine Armeslänge entfernt blieb er stehen. Einen Kopf größer und anderthalbmal so breit wie ich. Er konnte mich mühelos überwältigen. Was er ja bereits bewiesen hatte. Statt Angst zu zeigen, spannte ich den Körper an und biss die Zähne zusammen, um nicht zurückzuweichen. Wenn er mich hier haben wollte, konnte er sich mit meinem Trotz herumschlagen. Wenn nicht, würde ich sterben.

»Was bin ich dann?«

»Eine Freundin.« Sein Blick fiel auf meinen Oberkörper. Ich zog das Fell enger um mich, damit es die Erhebungen meiner Brüste bedeckte. Im Angesicht dieses großen, tätowierten Kriegers mit den wilden Augen bebte alles in mir.

Er streckte die Hand nach mir aus. Ich zuckte zusammen, doch ich ließ ihn einige goldene Strähnen von meiner Wange streichen. Seine Züge wurden milder, während sein Finger mit meinem Haar spielte.

»Freundin?« Ich schnaubte höhnisch. »Kettest du alle deine Freunde an?«

Er legte den Kopf schief, während er über meine Frage nachdachte. Aus der Nähe roch er nach Rauch, wildem Holz und Mann.

Schließlich konnte ich nicht mehr stillhalten und trat einen Schritt zurück. Das Klirren meiner Kette schien ihn zu erregen.

Er ließ die Hand sinken und stapfte in Richtung des

Walds davon. Die Antwort warf er mir über die Schulter zu. »Ja.«

DIE NACHT BRACH AN, als Maddox zurückkehrte. Den Tag hatte ich in der Sonne verbracht, so weit wie möglich von der Dunkelheit der Höhle entfernt. Meine Kette ließ mich das Feuer nicht erreichen, aber ich hatte einen Stein gefunden und damit auf die Kette geschlagen, hatte versucht, ein schwaches Glied zu finden und meine Fesseln zu durchbrechen. Nach Mittag war ich panisch geworden und hatte mit den Nägeln an dem Felsblock gekratzt, in dem die Kette verankert war, bis meine Finger bluteten.

Schließlich setzte ich mich auf den Felsblock und zwang mich, tief durchzuatmen. Ich mochte eine Gefangene sein, aber mein Entführer schien mir nichts Böses zu wollen. Er sprach sogar mit mir. Vielleicht könnte ich vernünftig mit ihm reden.

Mit dem Rest des Wassers wusch ich mir das Blut von den Händen und vom Gesicht. Ich kämmte mir mit den Fingern das Haar und verbrachte eine lange Weile damit, es mehrfach zu flechten. Ich würde nicht noch einmal in Panik verfallen. Ich war Sabine, galt als die lieblichste Frau im Dorf und besaß stetig wachsende Heilkräfte. Sowohl Edelmänner als auch Bauern begehrten meine Kräuter. Ich konnte das überleben.

Allerdings verhinderte der Gedanke nicht, dass sich mein Herz wild überschlug, als Maddox mit seinem leisen, schleichenden Gang aus dem Wald zurückkehrte. Diesmal trug er einen großen Bock über den Schultern. Für einen gewöhnlichen Mann wäre es schwierig gewesen, ein Tier dieser Größe zu tragen, Maddox jedoch steuerte ohne Mühe auf das Feuer zu.

Mit trockenem Mund beobachtete ich, wie der tätowierte Krieger den Kadaver ausweidete und ihn auf einen Spieß steckte. Sein langes Messer schnitt durch das Fleisch. Durch den Anblick der Gewalt zusätzlich zu meiner Notlage wurde mir übel, und ich schaute weg.

»Fürchte dich nicht, Sabine.« Beim Klang seiner Stimme erschrak ich. »Ich werde dir nicht wehtun.«

Meine Hand hob sich an meinen Hals, der sich immer noch wund von seinen zudrückenden Fingern anfühlte. »Das hast du schon.«

»Es war notwendig.«

Ich ging bis zum Ende meiner Kette auf ihn zu, um ihm zu beweisen, dass ich mich nicht fürchtete. »Du hättest mich auch in Ruhe lassen können.«

Plötzlich hefteten sich seine goldenen Augen auf mich. »Ich brauche dich.«

»Warum?«

»Ich brauche eine Heilerin.«

Ich atmete tief durch. »Dann werde ich dich untersuchen.«

»Ich bin nicht krank. Noch nicht.« Er spießte mit dem Messer ein Stück Fleisch auf und hielt es mir entgegen. »Hungrig?«

Das war ich, dennoch glaubte ich nicht, dass ich etwas hinunterbekommen könnte. Meine Hände hatten Mühe, sich angesichts seiner schlagfertigen Erwiderung nicht zu Fäusten zu ballen. »Warum lässt du mich nicht einfach gehen?«

Er antwortete nicht, sondern schnitt weiter Fleisch vom Spieß und sammelte es in einer Schale. Schließlich trat er auf mich zu und bot mir die Schale an. »Iss, kleine Hexe. Du brauchst deine Kraft.«

Vom Duft des Essens wurde ich noch hungriger. Und er hatte recht. Ich brauchte Nahrung, um meine Flucht zu planen. Und dennoch: Beim Anblick des Triumphs in seinen Zügen, als ich die Schale von ihm entgegennahm, hätte ich sie ihm am liebsten ins Gesicht geschleudert. Er hatte die feinsten Stücke für mich ausgesucht, und wegen meines Hungers empfand ich das Fleisch als die beste Mahlzeit meines Lebens. Maddox grinste, während er beobachtete, wie ich das Essen verschlang.

»Gut?«, brummte er.

»Ja.« Ich schaute finster drein. Wenn er auf einen Dank von mir wartete, würde er lange warten können.

Ich zwang mich, langsamer zu essen, und trank zwischen den Bissen kleine Schlucke Wasser aus dem Eimer. Meine Kehle fühlte sich nicht mehr so wund an. Beinah wünschte ich, sie würde noch stärker schmerzen, um mich daran zu erinnern, meinen Entführer zu hassen, statt neugierig auf ihn zu werden. Er hatte mich bewusstlos gewürgt. Ich sollte diesen Krieger fürchten, aber durch seine tiefe Stimme und deutliche Ausdrucksweise hörte er sich wie ein Herrscher an, viel zivilisierter als die schlichte Umgebung.

Sogar seine Bewegungen um das Lagerfeuer wirkten anmutig, geschmeidig. Er hatte in Griffnähe weiteres Holz abgelegt und fachte damit die Flammen zu einem tosenden Feuer an, das sowohl die Kälte als auch die Fliegen fernhielt. Für einen wilden Krieger kam er mir entschieden zu klug vor, auch wenn er langsam und gestelzt sprach und seine Worte kehlig wie das Knurren eines Tiers klangen.

Selbst das bisschen Mitleid, das ich für ihn empfand, ließ mich wütend werden. Er war nicht das Opfer. Das war ich. »Was für ein Mann lässt sich in einer Höhle nieder wie ein Tier?«

Ich zuckte zusammen, als sein Schatten über mich fiel. Aber er streckte sich nur nach meinem Wassereimer. »Ich denke, das weißt du, Sabine.« Beim Klang meines Namens durchlief mich ein Beben, doch immer noch wagte ich nicht zu fragen, woher er ihn kannte.

»Ein Barbar?«

»Ein Ausgestoßener.«

Als er mit mehr Wasser zurückkehrte, ließ mich mein voller Magen mutig werden.

»Hier muss ein Irrtum vorliegen. Du kannst unmöglich vorhaben, mich hier zu behalten. Was kann ich dir schon geben?«

Er musterte mich, als überlegte er, was er mir erzählen sollte. »Du bist mir Geschenk genug.«

Ich zog das Bärenfell enger um mich. »Was hast du mit mir vor?«

»Dafür sorgen, dass du in Sicherheit bleibst, es warm hast und zu essen bekommst.«

»Und dass ich angekettet bleibe.« Ich schüttelte mein Fußgelenk.

»Vorläufig.«

Da verstummte ich. Wäre ich die Kette erst los, könnte ich fliehen. Ich fragte mich, durch welches Verhalten ich mir die Freiheit verdienen könnte. Maddox lächelte, als ahnte er meine Gedanken.

»Ich bin also dein Haustierchen«, fauchte ich.

Er antwortete nicht, ließ nur dieses kühle Lächeln aufgesetzt, während er das Feuer weiter schürte. Ich stellte mir vor, ihm das Lächeln aus dem Gesicht zu schlagen, während ich über eine Frage nachdachte, die ihm keine weitere Möglichkeit bieten würde, mit mir zu spielen.

»Das verstehe ich nicht. Ich bin doch nur ein schlichtes Dorfmädchen. Ich besitze nichts. Ich bin nichts.«

»Du besitzt Magie.«

»Ich ...«

»Lüg mich nicht an.« Sein Lächeln verpuffte. »Das erlaube ich nicht.«

»Ich lüge nicht. Ich baue Kräuter an und stelle Heiltränke her. Ob sie wirken oder nicht liegt an der Göttin.«

»Du kennst die eigene Macht gar nicht.«

»Dir ist ein Fehler unterlaufen.«

»Die Zeit wird es weisen.« Er bückte sich, hob den als Anker für meine Kette dienenden Felsblock auf, als wäre es ein Kiesel, und trug ihn weiter in die Höhle.

»Nein.« Ich packte die Kette und zog wirkungslos daran. »Bitte. Zwing mich nicht, weiter hineinzugehen. Ich will im Licht bleiben.«

Ohne auf mein Flehen zu achten, trug Maddox den Felsbrocken in die trockene Höhle. Mich zog er mühelos hinter sich her, obwohl ich mich mit aller Kraft wehrte. Am Ende saß ich in der Düsternis auf dem Boden und war kurz davor, mir zu weinen zu erlauben. Das hatte mir mein Trotz gegenüber meinem Entführer eingebracht. Er hatte mich nur wenige Meter in die felsige Zuflucht gebracht, doch ich wäre lieber in der Nähe des Eingangs und der Elemente draußen geblieben. Ohne die Sonne im Gesicht floss die Hoffnung aus mir ab.

»Hab keine Angst, kleine Hexe. Vorerst bist du in Sicherheit.« Er setzte sich zum Höhleneingang in Bewegung.

»Warte.« Ich stand auf. Meine Stimme hallte in der beengten Kammer wider. »Du gehst weg?« Mein Feind war der engste Freund, den ich an diesem Ort hatte.

»Es ist sicherer für dich, wenn ich nicht hier bin.«

Nachdem er verschwunden war, setzte ich mich stumm

und händeringend ans Feuer. Mein Häscher hatte mich nicht wirklich verletzt, obwohl er mehr Tier als Mensch zu sein schien. Vielleicht könnte ich wirklich überleben. Das musste ich, nicht nur für mich selbst, sondern für Muriel und Fleur. Sie würden sich fragen, was aus mir geworden war, sich Sorgen um mein Los und um ihr eigenes machen. Obwohl sie nur zwei Jahre jünger als ich waren, hatte immer ich mich um sie gekümmert, sie gefüttert, für ihre Sicherheit gesorgt. Was würde aus ihnen werden, wenn ich für längere Zeit verschollen bliebe? Oder wenn ich – die Göttin bewahre – an diesem Ort stürbe?

»Ich will nicht sterben«, murmelte ich in mich hinein. Ich würde weiterleben, ich würde entkommen, und ich würde mich an dem grinsenden Krieger rächen, der mich an diesen von den Göttern verlassenen Ort verschleppt hatte.

Als die Sonne hinter die Bäume zu sinken begann, erkundete ich, wie weit die Kette reichte. Tiefer in der Höhle stieß ich auf sandigen Boden, der zu einer mit einem Haufen alter, müffelnder Felle bedeckten Pritsche führte. Der muffige Gestank erfüllte die Höhle, aufgelockert vom Rauch des Feuers. Ich kehrte zurück und kauerte mich so nah wie möglich an die Flammen, dankbar für das Fellgewand, das mir Maddox gegeben hatte. Wenigstens war es sauber.

Als der Mond aufging, betete ich zu Göttin, dass sie meine Schwestern und mich beschützen möge. Die Geräusche des Walds drangen mir in die Ohren, darunter ein Ruf von den weit entfernten Hügeln, wild und verzaubernd und schmerzlich einsam.

Ich schlief zum Geheul der Wölfe ein.

Bei Sonnenaufgang erwachte ich und streckte mich an dem Felsbrocken, der als Anker meiner Kette diente.

Maddox hatte den Eimer gefüllt mit frischem Wasser in meiner Nähe abgestellt. Erst, nachdem ich getrunken und mir das Gesicht gewaschen hatte, stellte ich fest, dass ich nachts einen weiteren Besucher gehabt hatte. Neben dem Felsbrocken, unweit der Stelle, an der ich geschlafen hatte, prangte ein riesiger Fußabdruck, größer als mein Kopf. Nicht von einem Menschen. Von einem Wolf.

2

Maddox fand mich rastlos vor dem Feuer auf und ab laufend, mit hinter mir klirrender Kette.

»Ich hatte einen Besucher«, teilte ich ihm mit, zeigte auf den Abdruck und ballte dann die Hand zur Faust, um zu verhindern, dass sie zitterte.

Er kam näher und kniete sich hin, um den riesigen Wolfsabdruck in Augenschein zu nehmen. »Er akzeptiert dich. Ein gutes Zeichen.«

»Gut? Du hast mich – deine Heilerin – der Gnade einer gefährlichen Bestie ausgeliefert. Angekettet, ohne Fluchtmöglichkeit. Du musst mich entweder frei lassen oder mir eine Waffe geben.«

»Das kann ich nicht. Mit einer Waffe bist du nicht sicherer. Es ist besser, dass du hilflos bist.«

»Besser?«, krächzte ich ungläubig. Ich hatte die Höhle bereits durchsucht. Es gab keine Steine, die ich aufheben und als Waffen benutzen konnte, nichts, was sich zum Kämpfen eignete. Ich konnte nicht einmal das Feuer so erreichen, dass ich eine brennende Fackel herausheben und mein nahendes Verhängnis sehen konnte. »Das ist eine Todesstrafe.«

»Bewaffnet würdest du ihn provozieren. Wenn er gezähmt werden soll, dann wird es nicht mit einer Axt oder einem Speer gehen.«

Meine Fäuste krampften sich fester zusammen. Maddox machte sich daran, mehr Holz auf das Feuer zu packen, und ich folgte ihm, so gut ich mit der hinter mir her geschleiften Kette konnte. »Wir reden hier nicht von einem Hund, der gezähmt werden kann. Wir reden von einem Wolf, einem wilden, gefährlichen Tier.« Meine Stimme hallte von den Höhlenwänden wider.

»Und doch ist er auch mein Freund. Die Bestie hat vor mehreren Monden die Herrschaft über ihn erlangt, aber ich glaube, dass der Mann in ihm noch lebt.«

Ich schluckte. »Diese Bestie ist auch ein Mann?« Ich hatte von solchen Geschöpfen schon gehört – von Menschen, die sich in Wölfe verwandeln konnten. Ich hatte gedacht, es wären bloß Geschichten, um unbändigen Kindern Angst davor einzujagen, sich zu weit in die Wälder zu wagen.

Nun jedoch, im Angesicht dieses kantigen Kriegers, der aufgetaucht war, nachdem ich zweimal einen Wolf gesehen hatte, war ich mir nicht mehr so sicher.

Ich kaute auf der Unterlippe, während ich den Abdruck der Wolfspfote betrachtete. Meine gesamte Hand passte mit gespreizten Fingern mühelos hinein.

Als ich darüber nachdachte, fiel mir ein, dass in den Geschichten auch davor gewarnt wurde, die Bestie, die Kriegern ihre Macht verlieh, könnte ihren Geist überwältigen.

»Das ist derjenige, den ich heilen soll?«

Maddox nickte und wirkte beinah erfreut darüber, dass ich endlich verstand. Am liebsten hätte ich ihn dafür gewürgt, dass er es mir nicht schon eher erklärt hatte. Vielleicht hatte er gedacht, ich würde ihm nicht glauben, wenn ich nicht zuvor mit eigenen Augen einen Beweis gesehen hatte. »Durch seine Rettung würdest du auch viele weitere Leben retten. Die seiner Männer, seines Rudels. Die deiner Schwestern und anderer Unschuldiger, die sonst der Raserei der Bestie zum Opfer fallen würden.«

»Aber ... du gibst mir nichts, um gegen ihn zu kämpfen?«

»Du hast deinen Verstand. Du hast dein Wissen über Kräuter und Tinkturen, die heilen.« Kurz wanderte sein Blick zu meiner Brust hinab, die sich unter der Gunna heftig hob und senkte. »Du hast deine Reize, deine Jugend, deine Schönheit.«

Ich schüttelte den Kopf. »Du verurteilst mich zum Tod.«

Blitzschnell stand Maddox mit einem eindringlichen Ausdruck im Gesicht unmittelbar vor mir. Unwillkürlich zuckte ich zusammen, als er die Hand hob, doch er fuhr nur mit einem Finger meine Wange nach.

»Ich bin letzte Nacht nicht weit weggegangen«, sagte er. »Hätte er dich bedroht, hätte ich ihn getötet. Ich werde dich bis zu meinem letzten Atemzug beschützen.«

Mit einem Ruck entfernte ich den Kopf von seiner Berührung. »Du hast mich hier als Köder für ein Monster angekettet.«

Er ließ die Hand sinken. »Ja«, räumte er mit rauer Stimme ein. »Du bist ein Köder, aber nicht für ein Monster. Nur eine Nacht, und schon hast du meinen Freund aus der Dunkelheit geholt. Du bist die Einzige, die ihn heilen kann, Sabine. Und wenn du nicht eine Bestie entfesseln willst, die diese Insel in Schutt und Asche legt, dann musst du es tun.«

ICH SETZTE mich hin und dachte über Maddox' Worte nach, während er um das Feuer arbeitete. Diesmal steckte er mehrere Fische zum Braten auf einen Spieß und gab mir anschließend einen als Frühstück.

»Warum tötest du ihn nicht einfach? Du hast gesagt, du würdest mich vor dieser Bestie beschützen. Warum vernichtest du sie nicht und lässt mich dann frei und zurück zu meinen Schwestern? Wir könnten alle in Frieden leben, befreit von dem Monster.«

»Ragnvald.«

»Was?«

»Sein Name ist Ragnvald«, erklärte Maddox in hartem Ton. »Ich hätte ihn schon viele Male töten können. Einmal hat er sogar den Hals für meine Klinge entblößt und mich darum gebeten.«

Mein Herz zog sich zusammen. »Und warum hast du die Klinge nicht herabsausen lassen?«

»Wir haben eine Verbindung, durch die wir uns näher sind als Brüder. Ich muss versuchen, ihn zu retten.«

Ich zupfte an den Gräten meines Fischs, wollte meinem Entführer nicht ins Gesicht sehen. Er klang ruhig, doch der Schmerz in seinen Augen zeugte von Hoffnungslosigkeit, von Verzweiflung.

»Wenn es um eine deiner Schwestern ginge, Sabine, würdest du dann nicht dasselbe tun?«

Ich wollte ihn hassen. Ich wollte ihn grausam nennen. Doch je mehr ich über ihn erfuhr, desto weniger herzlos erschien er mir.

»Für meine Schwestern würde ich alles tun.«

»Gut.« Er schnippte die eigenen Gräten ins Feuer. »Dann heile meinen Freund.«

∽

IN JENER NACHT schlief ich unruhig, hob immer wieder den Kopf, um nachzusehen, ob der Wolf zurückgekehrt war. Ragnvald tauchte nicht auf. Im Morgengrauen war ich erschöpft, rollte mich ein und betete zur Göttin, sie möge mir beistehen.

Als ich erwachte und mich streckte, fühlten sich meine Beine leicht an. Ich tastete nach unten und stellte fest, dass ich die Kette nicht mehr trug.

Ohne zu zögern und zu überlegen, weshalb, federte ich auf die Beine und rannte zum Eingang der Höhle.

Ich erreichte den Wald, bevor ich Maddox brüllen hörte.

»Sabine, nicht!«

Meine Beine rasten schneller, trugen mich in den Wald. Gestrüpp peitschte mir ins Gesicht und über die Arme, während ich rannte, meine eigenen, abgehackten Atemstöße dröhnten durch meine Ohren.

Dann ertönte hinter mir ein Knurren, und ich hätte vor lauter Schreck beinah gekreischt. *Die Wälder sind voll von Monstern.* Maddox' Warnung hallte in meinem Kopf wider.

Ein dunkler Schemen huschte über meinen Weg.

Ich wechselte in wilder Flucht die Richtung, lief platschend in einen Bach und stolperte, als meine Füße auf den Steinen rutschten.

Maddox fing mich um die Taille ab und riss uns beide zu Boden. Ich kämpfte, schrie mittlerweile, krallte die Hände im verzweifelten Versuch in die Erde, Freiheit zu erlangen.

»Halt still«, brummte mein Feind und zerrte mich mit dem Rücken voraus an seine harte Vorderseite. Seine Hand legte sich um meinen Hals.

»Nein! Nein!« Ich wand mich wild an ihm. Er drückte zu, aber nicht kräftig genug, um mich zu würgen. Sein anderer Arm schlängelte sich um meine Mitte und hob mich hoch.

Ich krallte an den tätowierten Gliedmaßen, die mich fesselten.

»Bitte lass mich gehen. Ich kann das nicht. Bitte lass mich einfach zufrieden.«

»Halt still«, wiederholte Maddox mit einem Knurren, und mein Rückgrat schien sich zu verflüssigen. Langsam drehte er mich in seinen Armen so herum, dass ich ihm ins Gesicht sah. Die nackte Wut in seinen goldenen Augen ließ mich nach Luft schnappen. Mein Tod stand darin geschrieben.

»Bitte«, flüsterte ich.

»Schhh«, erwiderte er und drehte meinen Kopf so, dass er das Gesicht an meinen Hals schmiegen konnte. Wir atmeten zusammen, ich jeweils zweimal keuchend für einen seiner tiefen Atemzüge.

Ich wusste, welche Bestie auch immer seinen Freund in ihren Klauen hatte, sie könnte auch Maddox überkommen.

Als er mich losließ, wäre ich vor Erleichterung beinah zu Boden gesunken. Er fing mich auf und wickelte sich den dicken Strang meiner Haare um die Hand, benutzte sie als Leine, um mich mitzuziehen. Halb gebückt wankte ich hinter ihm her, denn ich fürchtete, sollte ich fallen, würde er mich trotzdem weiterschleifen.

Aber als ich letztlich tatsächlich stolperte, wirbelte er blitzschnell herum, fing mich auf und hievte mich in seine Arme. Ich schmiegte mich an ihn, meinen größten Feind, meinen einzigen Trost.

Zurück in der Höhle legte er mich auf den Rücken, ließ mein Bein jedoch erst los, nachdem er die Kette wieder um mein Fußgelenk angebracht hatte. Kaum entfernte er sich von mir, zog ich die Knie an die Brust und verbarg mein Gesicht dahinter. So zusammengekrümmt ließ ich meinen Tränen freien Lauf.

Als ich schließlich den Kopf hob, kniete Maddox vor mir. Das Licht in seinen Augen war trüber geworden. Er wirkte nicht wütend, nur ... traurig.

Irgendwie fand ich seine Enttäuschung schwerer zu ertragen.

»Ich musste es versuchen. Ich musste«, platzte ich hervor, ohne so recht zu wissen, weshalb ich es ihm erklärte.

Er erwiderte nichts.

»Bitte, bitte sag etwas.«

Er griff nach mir, und ich zuckte zusammen, aber er hob nur mein Bein. Dann legte er sich meinen Fuß auf den Schoß, ergriff einen Lappen aus dem nahen Eimer und wusch mir den Schlamm und die Blätter von der Haut. Mir fielen die Kratzer an meinen Armen und Fußsohlen auf, als er sie säuberte und anschließend mit Salbe einschmierte.

»Es tut mir leid.« Sein Stimme klang rau und kratzig, als hätte er sie ewig nicht mehr benutzt. »Die Kontrolle ist mir ... entglitten.«

Angst kehrte mein Temperament hervor. »Du hast mich vor Monstern gewarnt. Ich hätte mir denken können, dass du das Schlimmste von allen bist. Du und dein ... Freund in der Höhle.«

Ohne auf sein gekränktes Schweigen zu achten, entriss ich ihm mit einem Ruck meine Gliedmaßen. Er verkörperte immer noch den Feind. Das musste ich mir vor Augen halten.

Maddox legte einen Pelz bereit, damit ich die zerkratzten Beine darauf betten konnte, und er stellte einen Eimer mit frischem Wasser neben mich.

»Warum tust du so, als würde dir etwas an mir liegen?«

»Du bist unsere letzte Hoffnung.«

Wieder neigte ich das Haupt, wollte ihn nicht länger

ansehen. Der tadelnde Ton in seinen Worten traf mich wie ein Schlag ins Gesicht.

Als er sich hinkniete, um mich zu verbinden, stieß ich mich von ihm weg.

»Rühr mich nicht an. Ich hasse dich.« Ich klang wie ein trotziges Kind.

»Du kannst mich hassen, so viel du willst.« Mittlerweile klang Maddox' tiefe Stimme viel deutlicher. »Du gehst nicht.« Seine Hand fiel auf die Schelle der Kette. »Deine Freiheit ist nicht das Leben meines Freundes wert.«

Ich schnaubte.

»Wenn du Heilerin bist, hast du ein Gelübde abgelegt. Oder heilst du nur jene, die du für würdig hältst?«

Verdutzt, weil er von dem Gelübde wusste, das ich tatsächlich abgelegt hatte, schüttelte ich den Kopf. »Ich würde sogar meinen größten Feind heilen.«

Als ich den Triumph in seinen Zügen sah, verfluchte ich mich innerlich. »Aber du setzt zu viel Vertrauen in meine Kräfte.« Was würde passieren, wenn ich versagte? Würde er mir das Genick brechen, wie er es erst vor Minuten tun wollte?

Sein Gesichtsausdruck wurde milder. Als er mein Kinn ergriff, knisterte Hitze zwischen seinem und meinem Körper. Mein Herz schlug schneller. »Ich vertraue dir.«

»Nicht genug, um mich frei zu lassen.«

»Die Wälder sind gefährlich.« Er verstummte und betrachtete mit gerunzelter Stirn die Kette, als fragte er sich, wie ich mich befreit hatte.

»Die Kette war verschwunden, als ich aufgewacht bin.« Maddox hatte das Eisen um mein Fußgelenk gebogen, als wäre es Stroh und nicht Metall. Welcher Mann war so stark?

Maddox setzte sich auf die Fersen zurück und betastete

die Kette. »Ragnvald. Er treibt Spielchen.« Maddox lächelte. »Du hast einen Verfechter.«

»Warum sollte er mich befreien?« Also war der Unhold nachts hereingekommen und hatte mir die Fesseln abgenommen. Ich hatte ihn weder gehört, noch hatte ich seine Berührung im Schlaf gespürt. Kälte nistete sich in meinen frisch gewaschenen Gliedern ein, und als ich schauderte, wickelte mir Maddox das Bärenfell um den Körper.

»Er hält sich nicht für würdig, gerettet zu werden. Das allein beweist, dass er noch gerettet werden kann – dass er noch nicht zu weit abgetrieben ist.«

MADDOX BLIEB DICHT BEI MIR, während mein Leib vor Panik zitterte. Erschöpft legte ich mich hin und bemühte mich, nicht weiter über meine vereitelte Flucht nachzugrübeln. Natürlich hatte mich mein Entführer, ein harter, muskelbepackter Krieger in der Blüte seiner Jahre, aufgespürt und eingefangen. Ich bemühte mich zu vergessen, wie sich seine fest um meinen Körper geschlungenen Arme angefühlt hatten.

»Ich muss weg«, verkündete Maddox. »Ich bin vor Sonnenuntergang zurück. Ragnvald ist vernünftig genug, um dich zu beschützen. Du bist in der Höhle sicher.«

Ich weigerte mich, etwas zu erwidern. Meine Hoffnung bestand darin, dass mich dieser Wolfsmensch Ragnvald erneut befreien würde.

Maddox fuhr fort, als könnte er meine Gedanken lesen. »Ragnvald wird dir die Kette nicht noch einmal abnehmen. Unsere Geister sind wieder miteinander verbunden. Er weiß, wie sehr wir dich brauchen.«

Den ganzen Tag lag ich da und zerbrach mir den Kopf

über diese rätselhafte Äußerung. Größtenteils döste ich. Mein Körper fühlte sich nach all der Aufregung ausgelaugt.

Maddox kehrte wie versprochen gegen Sonnenuntergang zurück. Ich blieb mit halb geschlossenen Augen liegen und beobachtete ihn. Als er sich näherte und eine Schale mit Eintopf neben mich stellte, rollte ich mich zur Seite, weg von der Mahlzeit.

»Du musst essen.«

»Ich will nichts davon.«

Bei dem satten Duft krampfte sich mir zwar sehnsüchtig der Magen zusammen, dennoch rührte ich mich nicht. Nach einer langen Weile kam Maddox zurück und ragte über mir auf.

»Sabine.«

»Ich kann vielleicht nicht fliehen, aber ich kann mich weigern, zu essen oder zu trinken. Ich kann verhungern, um dir zu trotzen.«

»Das wirst du nicht.«

Ich stemmte mich hoch und schaute zu ihm auf. »Du kennst mich nicht. Du kennst meinen Namen, aber du verstehst mich nicht.«

Maddox kauerte sich dicht neben mich. Seine Tätowierungen bildeten ein faszinierendes Muster, die Geschichte seines Lebens. Eine Hand hob eine Strähne meines Haars an und hielt sie fest, zog aber nicht daran. Stattdessen umfasste er den blonden Strang wie den Griff eines Dolchs, wie ein Werkzeug, wie seinen Besitz. »Ich beobachte dich schon lange, Sabine. Ich kenne dich besser, als du denkst.«

Indem ich mich weiter aufrichtete, zog ich die Haare aus seinem Griff. Ein paar goldene Strähnen blieben in seiner Faust zurück.

»Dann weißt du ja, dass ich einen starken Willen besitze – stark genug, um zu tun, was ich gesagt habe.«

»Das wirst du nicht. Du wirst gesund bleiben, und du wirst tun, was ich dir sage.«

»Warum sollte ich?«

»Weil deine Schwestern den Preis bezahlen, wenn du es nicht tust.«

Er richtete sich auf und trat zurück, während sich mir nackte Angst wie eine kalte Faust ums Herz legte. »Was ist mit meinen Schwestern? Hast du sie angerührt?«

»Sie sind bei meinen Männern«, sagte er. »Und sie sind in Sicherheit. Vorläufig. Ihnen wird nichts geschehen – wenn du gehorchst.«

Ich wollte ihn anspringen und kämpfte gegen die Kette an, als sie mich zurückhielt. »Du Feigling! Kommst einfach daher und entführst unschuldige junge Frauen ...«

Maddox erwies sich als so schnell, ich bemerkte erst, dass er sich bewegt hatte, als ich spürte, wie sich seine Hände um meine Handgelenke schlossen und sie nach unten drückten. Kreischend kämpfte ich. Als ich versuchte, ihn zu treten, verlor ich wegen der Kette beinah das Gleichgewicht. Maddox fing mich auf und hievte mich in seine Arme, hielt meinen bebenden Körper an seinem gefangen.

»Sabine. Beruhig dich.« Seine Hand schloss sich um meine Schädelbasis und drückte warnend zu. Sein Griff schmerzte nicht, dennoch erstarrte ich, als ich daran zurückdachte, wie er zuvor beinah die Beherrschung verloren hätte. »Braves Mädchen«, brummte er, um meine Kapitulation zu loben. Er hielt mich fester. »Ich habe dich.«

Aller Kampfgeist entwich aus meinem Körper. Mein Rückgrat erschlaffte bei seinen Worten, und ich schmiegte mich an ihn.

»Du solltest nur kämpfen, wenn du auch gewinnen kannst, kleine Hexe«, murmelte er mir ins Ohr. »Deine Schwestern haben es warm, und sie bekommen Essen.

Weder ihnen noch dir wird ein Leid geschehen, wenn du gehorchst.« Seine Arme spannten sich an und erinnerten mich an ihre Stärke. »In dieser Frage widersetzt du dich mir nicht. Das würde nicht gut für dich enden.«

Es war vorbei. Ich hatte verloren. Verzweiflung breitete sich in mir aus, ein kaltes Gefühl, durch das ich abartigerweise die Hitze des harten Körpers meines Entführers zu schätzen wusste.

Während ich in seinen Armen zitterte, dachte ich krampfhaft nach, doch es gab keinen Ausweg. Brenna hatte sich früher um meine Schwestern und mich gekümmert, aber Brenna war verschwunden. Es gab niemanden mehr, um uns zu retten – nur mich.

»Hast du verstanden?«

»Ja.«

Er ließ mich los, und ich wäre auf dem Boden zusammengesackt, hätte er mich nicht behutsam abgesenkt. Regungslos saß ich da, während Maddox am Feuer aufräumte. Nachdem er Holz nachgelegt hatte, kam er herüber und blieb in meiner Nähe stehen.

»Na schön«, flüsterte ich. »Ich tue es. Ich tue, was du verlangst.«

Er reichte mir die Schale mit Eintopf und harrte neben mir aus, bis ich hinuntergewürgt hatte, so viel ich konnte.

Mit trübem Blick beobachtete ich, wie die Sonne unterging, und ich sah Maddox blinzelnd an, als er in ein eigenes Fell gehüllt in die Höhle zurückkehrte. Er legte sich ein Stück entfernt hin.

»Heute Nacht bleibe ich bei dir. Du bist nicht in der Verfassung für den Versuch, die Bestie zu zähmen.«

Bevor es dunkel wurde, schloss ich die Augen, wiegte mich vor und zurück und summte ein Schlaflied, das ich früher immer den Mädchen vorgesungen hatte. Dreimal, einmal für jede meiner Schwestern. Danach legte ich mich nieder und rollte mich ein. Ich musste schlafen. Am nächsten Morgen würde ich mir kein Mitleid und keine bangen Gedanken mehr gestatten. Wenn ich unsere Feinde besiegen wollte, musste ich bei wachem Verstand bleiben.

Ich träumte, dass ich zwei Stimmen über mir sprechen hörte wie ein leises Echo, das mir der Wind zutrug. Maddox' tiefe Stimme und eine andere, noch tiefere, so rau und kratzig, als wäre sie viele Monde lang nicht mehr benutzt worden.

Sie ist so klein.

Aye, aber lebhaft.

Es ist lange her, Bruder, doch es besteht Grund für Hoffnung.

Vielleicht, meinte Maddox. *Es liegt an ihr.*

3

»Und wenn ich ihn zähme, lässt du uns gehen?«, fragte ich meinen dunkelhaarigen Entführer am nächsten Tag. Er schien in verspielter Stimmung zu sein, überreichte mir mein Frühstück mit einer schwungvollen Verbeugung und nannte mich »meine Dame«. Er brachte mir sogar Blumen. Als ob ich mich von ein paar Blüten vereinnahmen ließe.

»Vielleicht«, beantwortete er meine Frage mit einem wölfischen Grinsen. »Vielleicht wirst du auch gar nicht mehr gehen wollen.«

Ich vermittelte ihm meine Antwort mit einem vernichtenden Blick. Er lachte nur.

Mit vor Zorn geröteten Wangen rappelte ich mich auf die Beine. »Du musst mich zu meinen Schwestern bringen. Ich will mich selbst davon überzeugen, dass sie in Sicherheit sind und gut versorgt werden.«

»Meine Männer achten auf ihre Sicherheit. Ich habe sie erst kurz vor Sonnenaufgang besucht und gebe dir mein Wort, dass ...«

»Und ich gebe nichts auf das Wort eines Mannes, der

mich in der Höhle einer Bestie ankettet. Du besitzt keine Ehre.«

Sein Lächeln verschwand. Ein kalter Ausdruck blieb in seinem grobknochigen Gesicht zurück.

»Vorsicht, kleine Hexe.«

»Nenn mich nicht so.«

Als er sich in Bewegung setzte, ließ mich die Leere in seinen Augen zurückweichen, obwohl ich mir fest vorgenommen hatte, mich nicht so einfach einschüchtern zu lassen.

Sein Blick musterte meinen Körper von oben bis unten, und ich zog das Fell enger um mich. Eine furchterregende Stille breitete sich über ihn aus, ein tödliches Raubtier, das seine Beute fixiert. Er wartete darauf, dass ich zuerst wegschaute.

»Das ist guter Zorn, Sabine. Benutz ihn für deine Arbeit.«

Als er sich abwandte, wischte ich mir nutzlose Tränen aus dem Gesicht.

»Warte.« Ich legte genug Verzweiflung in meine Stimme, dass er mir Beachtung schenkte. »Ich mag mich ein wenig auf Kräuter verstehen, aber was weiß ein schlichtes Dorfmädchen schon davon, wie man Monster zähmt? Was muss ich tun?«

»Wenn ich wüsste, was zu tun ist, glaubst du nicht, ich hätte es dann schon versucht? Die Prophezeiung berichtet von einer Frau, die in der Lage ist, die innere Bestie zu zähmen.«

»Ich weiß nicht, wie man ein Leiden heilt, das ich nicht verstehe. Sag mir wenigstens, was er ist.«

Er nahm mir gegenüber Platz und nahm den Tonfall und die Pose eines Barden ein. Seine tiefe Stimme erzählte die Geschichte perfekt, und ich fragte mich, ob er

Zeit an einem Hof verbracht hatte, bevor er Krieger geworden war.

»Einst gab es einen König namens Harald Schönhaar, der über das gesamte, mittlerweile als Norwegen bekannte Gebiet herrschen wollte. Um die Jarle – die Adeligen und Heerführer – zu besiegen, beauftragte er eine Hexe damit, seine besten Krieger noch stärker zu machen. Sie verfluchte sie, verwandelte sie alle in Berserker – Krieger, die in blinder Raserei kämpfen und alles töten, was sich ihnen in den Weg stellt. Sie stürmen nur mit Tierfellen bekleidet in die Schlacht, und weder Schwerter noch Äxte können ihnen etwas anhaben. Niemand kann gegen sie bestehen.« Während sich Maddox in der Geschichte verlor, leuchteten seine Augen mit einem unnatürlichen Licht.

Ich schluckte und musste an den riesigen Pfotenabdruck denken. »Also sind Ragnvald und seine Männer Berserker ... und können sich in Wölfe verwandeln?

»Nicht nur in einen Wolf. Es gibt noch eine dritte Form zwischen Wolf und Mensch – ein wahres Monster. In dieser Gestalt haben Ragnvald und seine Krieger gekämpft und Harald Schönhaar zum Thron verholfen. Aber diese Macht hat einen Preis. Die Magie verzehrt den Geist, und nach einer gewissen Zeit bleibt nur noch Raserei übrig.«

Er blinzelte ein paarmal und kam wieder zu sich. »Ragnvald und sein Berserker-Rudel sind als Söldner auf diese Insel gekommen, wo ich ihnen begegnet bin. Fast ein Jahrhundert lang war die Bestie mit den endlosen Kämpfen für habgierige Könige zufrieden. Aber als Frieden Einzug hielt, haben wir das wahre Ausmaß des Fluchs festgestellt.« Seine Stimme wurde verbittert. »Wir können Armeen besiegen, sie aufreiben, aber die Bestie, die uns zu großen Kriegern macht, verlangt Blutvergießen. Während der Berserker-Raserei können wir Freund nicht von Feind unterscheiden.«

Nach einer gequälten Pause fuhr er fort. »Für uns gibt es kein normales Leben. Das Rudel hat strenge Regeln, um den Ausbruch der Raserei zu verhindern, trotzdem haben wir kein Zuhause und keine Familien. Das können wir nicht riskieren. Als unser Anführer hält Ragnvald das Rudel zusammen, allerdings hat im Verlauf der Jahre seine Kontrolle nachgelassen. Und wenn er fällt ...«

»Übernimmt die Bestie seinen Geist vollständig, und das gesamte Rudel verliert die Kontrolle?«

»Wenn du dich vor etwas fürchten musst, Sabine, dann fürchte dich vor dem Tag, an dem uns die Bestie endgültig verschlingt. Das wird das Ende aller Tage einläuten.«

Bei der Trostlosigkeit in seinem Ton durchlief mich ein eiskalter Schauder. Wenn sich sogar dieser harte, kampferprobte Krieger fürchtete, welche Hoffnung bestand dann für mich?

»Aber ... was kann ich tun?«

»Die Prophezeiung hat nur davon gesprochen, dich hierher zu bringen. Sie hat nicht besagt, was du tun würdest oder was nicht.«

Ich senkte mich zu Boden. »Das hilft mir nicht. Willst du mir damit sagen, dass wir alle sterben könnten? Du entführst meine Schwestern, um mich zu zwingen, dir zu helfen, und dann ... was? Was soll ich tun?«

Er zuckte mit den Schultern.

Ich biss mir auf die Zunge bevor ich ihn erneut erzürnen konnte. Doch kaum war er für den Tag gegangen, schöpfte ich eine Handvoll Sand vom Boden der Höhle und schleuderte ihn zornig in die Richtung, in die er verschwunden war. Er wollte Magie? Ich würde ihm zeigen, was Sabine, Kräuterkrämerin aus einem kleinen Dorf, tun konnte. Wenn er sähe, wie wenig Macht ich tatsächlich besaß, würde er mich gehen lassen müssen.

Ein Teil von mir flüsterte allerdings, dass er mich selbst dann niemals gehen lassen würde, wenn ich versagte.

Ich verdrängte den Gedanken, stapfte zu dem großen Bett, hob die stinkenden Felle auf und schleuderte sie, so weit ich konnte, in Richtung des Höhleneingangs. Dann leerte ich das Wasser über den großen, flachen Felsblock, der als Bett diente, um ihn sauber zu waschen. Maddox kehrte zurück, als ich ihn mit einem Lappen schrubbte.

»Ich brauche meine Kräuter. Und jede Menge heißes Wasser.« Als er die Stirn runzelte, reckte ich das Kinn vor. »Du willst, dass ich meine Arbeit verrichte? Dann gib mir, was ich verlange.«

Nach einer kurzen Pause nickte er knapp und ging. Wenig später kehrte er mit meinem Bündel zurück. Ich zögerte, bevor ich es entgegennahm, obwohl ich mich freute, einen vertrauten Gegenstand zu sehen. Durch den Anblick meiner persönlichen Habseligkeiten in Maddox' großen Händen fühlte sich meine Gefangenschaft wieder sehr wirklich an.

Ich schenkte ihm keine Beachtung, als ich meinen Vorrat an Kräutern durchsah. Maddox beschäftigte sich damit, die schmutzigen Felle wegzutragen. Als er fertig war, teilte ich ihm mit, dass ich eine Möglichkeit brauchte, Wasser zu kochen, und er verschwand erneut.

Während er weg war, legte ich Kräuter bereit, die ich verbrennen würde, um die Luft zu reinigen. Die Höhle würde dadurch gesäubert werden, nicht nur von Schimmel und Ungeziefer, sondern auch von bösen Geistern, die in den Schatten lauerten. Wenn Ragnvald wieder zu mir käme, würde die Höhle riechen, als wäre eine Frau hier gewesen. Sie würde wie ein Zuhause riechen.

Spät an jenem Tag kehrte Maddox mit einem riesigen Kessel aus Eisen zurück. Er brachte ihn unmittelbar über dem Feuer an und füllte ihn, indem er mehrmals mit zwei von einem Joch hängenden Eimern zum Bach marschierte, um Wasser zu holen. Kein einziges Mal beschwerte er sich darüber, dass er Frauenarbeit verrichtete.

Vermutlich ein Grund, dankbar zu sein, obwohl ich lieber die Kette losgeworden wäre. Aber er verschob nur den Anker der Kette näher zum Feuer, damit ich das Wasser benutzen konnte.

Als die Nacht anbrach, hatte ich das Bett fertig geschrubbt, und Maddox hatte frisches Hirschleder und frische Felle darüber ausgebreitet. Getrockneter Salbei und ein paar Bienenwachskerzen brannten in vier Ecken im Eingangsbereich der Höhle und hinter dem Bett. Der Rauch vermischte sich mit dem Geruch des Eintopfs, den Maddox kochte.

Durch all die Arbeit des Tages schlief ich ein, sobald ich mir den Bauch gefüllt hatte.

Als ich erwachte, fühlte ich mich behaglich und warm. Maddox hatte mich in das Bärenfell gewickelt und auf die frisch bezogene Liegestatt gelegt. Seidiges Fell kitzelte meine Wange. Ich hob den Kopf ... und erstarrte.

Am Ende des Bettes kauerte eine schattige Gestalt dem Feuer zugewandt. Der Schemen wirkte lang und schlank, dünner, als es ein Krieger sein sollte, doch das minderte nicht die Stärke, die sein Körper vermittelte. Das gedämpfte Licht des Feuers brachte sein blondes Haar zum Schimmern.

»Ragnvald?«, flüsterte ich.

Er richtete tief in den Höhlen sitzende, golden leuchtende Augen auf mich.

Ich schluckte meine Angst hinunter. »Willkommen, Herr.«

Er stand auf und ragte über dem Bett auf, nackt bis auf

einen ausgefransten, um die Hüften geschlungenen Hirsch-
lederschurz, der ihm bis zur Mitte der Oberschenkel
reichte. Ragnvald erwies sich als der größte Mann, den ich
je gesehen hatte, noch größer als Maddox. Sein Haar glich
purem Gold, sonniger als meines, wenngleich es ihm in
ungewaschenen Strähnen auf die Schultern hing.

Mein Herz überschlug sich, als sein Schatten auf mich
fiel. Schweigend wartete ich, aber er wandte sich nur ab und
kehrte in die Finsternis tiefer in der Höhle zurück. Ein
Klirren lenkte meinen Blick auf ein nacktes Fußgelenk, und
erschrocken stellte ich fest, dass auch er eine Kette trug.

»DU HAST IHN ANGEKETTET«, warf ich Maddox bei Sonnenaufgang vor. Ich war früh aufgestanden, hatte die Kräuter
erneuert und das erlöschende Feuer mit weiterem Holz
gefüttert. Der tätowierte Krieger traf wenig später mit
Holznachschub für das Feuer ein, und wenngleich er
nicht lächelte, merkte ich ihm an, dass ihm meine Arbeit
gefiel. »Er ist letzte Nacht zu mir gekommen, angekettet
wie ich.«

»Nicht wie du. Seine Kette ist länger und weit, weit
hinten in der Höhle verankert. Du hast eine kürzere Leine.«

Sein scherzhafter Ton ließ mich die Miene verfinstern.

»Das Metall, das ihn bindet, wurde von einer Hexe mit
Schutzzaubern versehen. Als er sich selbst ins Exil verbannt
hat, haben wir jede erdenkliche Vorsichtsmaßnahme ergriffen, um zu verhindern, dass er während seiner Anfälle
umherwandert und alles verwüstet, worauf er trifft. Die
Kette wird ihn aber nicht ewig aufhalten.«

Schaudernd rieb ich mir die Arme und fragte mich, ob
ich in dieser Höhle je wieder ruhig schlafen würde.

»Hab keine Angst, Sabine. Mit jeder Stunde, die du hier bist, wird er wieder mehr er selbst und weniger gefährlich.«

»Wer war er vor der Verwandlung?« Ich erinnerte mich an Ragnvalds erhabene Haltung, als er vor mir gestanden hatte, und an die Macht in seinem Blick, als er mich betrachtet hatte.

»Ein Anführer. Sohn eines großen Kriegers in einer langen Abfolge von Heerführern. Ohne den Fluch wäre er ein guter Herrscher geworden.«

Ich lief rastlos auf und ab, folgte den Schritten meines spätnächtlichen Besuchers, so weit es meine Kette zuließ. »Erzähl mir vom Wahnsinn.«

»Der Wolf und der Mensch arbeiten zusammen. Aber die Bestie besteht aus purem Hunger, purer Raserei. Und sie ist nicht einfach zu beherrschen. Ein, zwei Jahrhunderte Kampf gegen den Drang, und sogar der stärkste Mann wird müde.«

»Wie kann ich helfen?«

»Das tust du schon. Ich habe Ragnvald seit mehreren Monden nicht mehr in menschlicher Gestalt gesehen. Vor zwei Nächten hat er hier gegessen wie ein Mensch.«

Er zeigte hin, und wie ich sah, war das von mir sauber zurückgelassene Geschirr schmutzig. Ragnvald hatte sich Eintopf geholt.

»Glaubst du, er kann gerettet werden?«

»Ich weiß es nicht. Aber wenn es jemand kann, dann du.«

DEN GANZEN TAG lang traf ich Vorkehrungen, und als der Abend anbrach, war ich bereit. Das Feuer loderte höher, der Rauch roch süßer durch die Maulbeerblätter, die wir hinzugefügt hatten. Auch am Eintopf hatte ich mir zu schaffen gemacht. Ich hatte kostbare Gewürze hinzugefügt, die Maddox wohlig brummen ließen, als er davon kostete. Kerzen brannten in den Ecken einer weitläufigen Fläche um das Bett, und auf das Bett selbst hatte ich Lavendel gestreut.

»Wenn wir Ragnvald wie eine Bestie behandeln, sieht er vielleicht keinen Grund, mehr als das zu sein«, meinte ich zu Maddox. »Also werde ich ihn wie einen Mann behandeln.«

Auf dem Bett liegend wartete ich und starrte ins Feuer. Ich musste eingedöst sein, denn als ich erwachte, saß Ragnvald keine zwanzig Schritte von mir entfernt auf einem Stein.

Langsam setzte ich mich auf. »Guten Abend, Herr.«

Wie zuvor sprach er nicht, aber seine Augen wirkten weniger tief eingesunken, und er schien weniger fluchtbereit zu sein. Ich erhob mich, bewegte mich so vorsichtig, als könnte ihn die kleinste Erschütterung verstören. »Ich hoffe, du bist zufrieden mit den Veränderungen in deinem Zuhause«, murmelte ich. Nach zwei Schritten blieb ich stehen und ließ den Schein des Feuers meine Umrisse umspielen. Mich selbst hatte ich so sorgfältig vorbereitet wie die Höhle.

Ich hatte gebadet, hatte das über dem Feuer erhitzte Wasser benutzt, nachdem ich Maddox weggeschickt hatte. Durch die Kräuter im Wasser wurden meine Haut und mein Haar weich und dufteten süß. Das schwere Überkleid hatte ich weggelassen, ich trug nur ein leichtes Gewand, frisch gewaschen und duftend wie mein Körper. Meine Füße waren nackt, die Haare hingen mir offen über die Schultern.

Als ich mich Ragnvald wieder gegenübersah, verriet mir sein hungriger Gesichtsausdruck, dass ich mit meinen Instinkten richtig gelegen hatte. Dieser Mann war an die schöneren Dinge gewöhnt – an Frauen und Unterkünfte und Mahlzeiten mit den Königen, die er zu Eroberern gemacht hatte. Vielleicht würde er sich in dieser Nacht an das Leben erinnern, das er verloren gehabt hatte.

Unter seinem forschenden Blick schlug ich die Augen nieder.

»Lass mich dich richtig willkommen heißen. Es ist Essen da, falls du hungrig bist, und Met, falls du trinken willst. Ich diene dir gern auf jede gewünschte Weise.« Mühsam schluckte ich den Kloß in meinem Hals hinunter. Ich war mir nicht sicher, wie viel ich in Wirklichkeit bereit war, diesem gefallenen Krieger anzubieten.

Ragnvald sagte immer noch nichts, aber nach einer Weile stand er auf und blieb stehen, als erwartete er von mir, dass ich ihn führte.

»Zuerst, Herr, möchtest du vielleicht baden.«

Neben dem Feuer stand eine große Steinwanne – ein Felsblock, so ausgehöhlt, dass ein Mann bis zur Taille darin eintauchen konnte. Nachdem ich erklärt hatte, was ich wollte, hatte Maddox zwar gemurrt, doch er war losgezogen und mit dem in Wannenform behauenen Stein zurückgekommen. Woher er ihn hatte, verriet er mir nicht, und ich fragte nicht nach. Ihn dabei zu beobachten, wie er den riesigen Felsblock trug und sich seine Muskeln unter der Belastung anspannten, war ein beeindruckender Anblick.

»Wikinger baden nicht«, klagte Maddox nach dem siebten Ausflug mit Eimern zum Bach.

»Ragnvald hat sein Zuhause vor langer Zeit verlassen«, gab ich zu bedenken. »Wenn er sich als Herrscher eignet ...«

»Das tut wer, wenn es ihm gutgeht«, versicherte mir Maddox.

»Dann ist es an der Zeit, dass er seiner hehren Rolle gerecht wird.«

Maddox zog eine Augenbraue hoch und erwiderte: »Hier? In dieser Höhle?«

»An einen Hof kann ich ihn nicht bringen. Also bringe ich den Hof in die Höhle«, gab ich barsch zurück. Das hatte Maddox zum Schweigen gebracht, zumindest für kurze Zeit. Nun würde ich gleich herausfinden, ob unsere Arbeit umsonst gewesen war.

Ich verneigte mich und lud ihn mit einer ausholenden Geste ein, vorwärtszukommen. »Nach dir, Lord Ragnvald.«

Ich verbarg ein triumphierendes Lächeln, als der schlanke Krieger zum Bad ging. Dann beschäftigte ich mich mit den zusätzlichen Wassereimern und wartete, bis mir das Klirren der Kette verriet, dass er sich in die Wanne senkte. Erst, als er eingetaucht war, näherte ich mich ihm.

Der behauene Stein erwies sich als groß genug für seine sitzende Gestalt, wenngleich ein muskulöser Arm über die Seite hing.

»Wenn es recht ist, füge ich mehr heißes Wasser hinzu.« Ich hob den Eimer an und wartete auf sein Nicken. Im frischen Wasser trieben einige Kräuterzweige. Nachdem ich den Eimer hineingeschüttet hatte, griff er sich einen Zweig und spielte damit, während ich den Mut zusammenkratzte, weiterzumachen.

»Waschkraut.« Ich zeigte ihm die weißen Blüten, bevor ich sie in den Händen zerrieb und Schaum entstehen ließ. »Das werde ich benutzen, um deine Arme zu reinigen. Darf ich dich berühren?«

Ich versuchte, meiner Stimme einen unbeschwerten und zugleich festen Klang zu verleihen. Vielleicht gelang es mir auch, aber in meinem Geist zersplitterten meine Worte. Ragnvald sah mir mit seinem überwältigenden Blick eine lange Weile in die Augen. Ich biss die Zähne zusammen und zwang mich, nicht wegzuschauen. Wieder nickte er, und schließlich senkte ich den Blick. Mit nach wie vor langsamen Bewegungen ahmte ich die sanfte Anmut meiner älteren Schwester Brenna nach, rückte näher und berührte ihn am Arm.

Blitzschnell schoss seine Hand hervor und packte mein Handgelenk, nicht schmerzhaft, aber fest genug, um ein Beben durch meinen Körper zu jagen.

»Wenn du möchtest, Herr, kann ich dich baden.«

Mit wildem Blick starrte er durch mich hindurch. Da betete ich, dass er in mir das sehen würde, was ich war: eine schlichte Frau, nur mit einem leichten Gewand bekleidet, barfuß wie eine Sklavin, bereit, ihn zu bedienen. Unschuldig. Wehrlos. Arglos. Ich hatte keine Waffen und keine Möglichkeit, ihn zu fesseln, nicht einmal ein Riemchen, um mir die Haare zurückzubinden.

»Bitte.« Ich leckte mir über die Lippen. »Ich will nur helfen.«

Sein Griff verstärkte sich, und er zog mich näher. Ich fügte mich ohne Widerstand. Er konnte mir jederzeit das Genick brechen, und selbst, wenn ich vor ihm zurückschreckte, würde die Jagd höchstens einen Meter währen und meinen Tod kaum hinauszögern. Ich hielt den Atem an, als sich Ragnvalds Finger wie ein Reif um meinen Unterarm schoben und dann zurück zu meinem Handgelenk wanderten. Mein Arm wirkte in seiner starken, feingliedrigen Hand so zerbrechlich. Er streichelte überraschend behutsam die weiche Haut über meiner Schlagader, und einen Moment lang sah ich, was diese verwilderte Kreatur war – ein von der Zeit verwüsteter Mann, der allmählich wieder zu Sinnen kam.

Als er mich losließ und den Arm auf den Rand der Wanne legte, atmete ich tief durch und begann, ihn zu waschen. Ich gab mich den Bewegungen hin, verlor mich darin, ihn zu berühren. Als ich ihn dazu aufforderte, tauchte er zuerst unter und dann triefend wieder auf. Dreck fiel unter meinen verwegenen Zuwendungen von ihm ab. Ich versuchte, so zu tun, als wäre er bloß eine Statue, mit deren Säuberung man mich beauftragt hatte, aber das leichte Heben und Senken der warmen Brust unter meiner Hand brachte mich unwillkürlich zum Zittern. Die von unzähligen Kämpfen abgehärteten Muskeln wären ohne die Erhebungen alter Narben makellos gewesen. Unwillkürlich fuhr ich einen schrecklich anzusehenden Strang an seiner Seite nach und stellte mir das große Schwert vor, das die Verletzung verursacht haben musste. Welchem Feind sich Ragnvald an jenem Tag auch gestellt hatte, er war als Sieger daraus hervorgegangen, und diese Narbe glich einem Ehrenabzeichen, dem Beweis, dass dieser von der Zeit verwüstete Krieger in seiner Blüte ruhmreich gewesen war. Sogar in diesem Augenblick, nackt und in eine Wanne aus Stein gepfercht, saß er da, als wäre er daran gewöhnt, von einer Dienerin gebadet zu werden. Abgesehen von der Kette könnte er ein König sein.

Ich ließ die Augen niedergeschlagen, aber ich spürte, wie er mich eingehend betrachtete. Als ich mich über das Bad beugte, um seine Brust zu waschen, strichen seine Finger über mein Schlüsselbein und schoben sich unter das Gewand, um die empfindsame Stelle über meinen Brüsten zu streicheln. Als ich mich zurückzog, folgte mir Ragnvalds Hand, wanderte meine Schulter hinab, erkundete den Verlauf meines Arms. Während ich um ihn herum arbeitete, löste sich seine Hand kein einziges Mal mehr von mir. Seine geschmeidigen Finger bewegten sich verspielt über meine Haut, raubten mir die Konzentration, ließen meine Atmung abgehackt werden.

So war ich sehr lange nicht mehr berührt worden.

Mit belegter Stimme sagte ich: »Wenn du dich vorbeugst, kann ich dir den Rücken waschen.«

Er kam meinem Vorschlag nach, und als ich mich bückte, blickte ich an mir hinab und erkannte, wie meine Kleidung durch das Wasser an meinem Körper klebte. Ich hatte das leichte Gewand eigentlich angezogen, um zu zeigen, dass ich keine Waffen trug, doch nun erkannte ich, dass ich ebenso gut hätte nackt sein können.

Als sich die Bewegungen meiner Hand verlangsamten, drehte sich Ragnvald um. Unwillkürlich wich ich einen Schritt zurück, aber er griff sich nur etwas Waschkraut und begann, seine Beine zu schrubben. Ich schäumte sein Haar ein und wusch es gründlich. Mich erleichterte, dass er nicht von mir verlangte, mich um *alle* Teile seines Körpers zu kümmern. Ich bewegte mich mit einem unsteten Mann auf äußerst dünnem Eis. Bei genauerer Betrachtung musste ich wohl wahnsinnig gewesen sein, dass ich mich einem brutalen Krieger, der seit sehr, sehr langer Zeit keine Frau mehr gesehen hatte, so auf dem Präsentierteller darbot. Es wäre für ihn ein Kinderspiel gewesen, mich auf den sandigen Höhlenboden zu zerren, sich zu nehmen, was er wollte, und mir das Genick zu brechen, wenn er fertig wäre. Ich befand mich immer noch in den Klauen eines Monsters und täte gut daran, das nicht zu vergessen, ganz gleich, wie gutaussehend der Mann sein mochte.

Kaum hatten sich meine Finger von seinem eingeseiften Haar entfernt, tauchte er unter. Ich wich zurück, als er sich rasch abspülte und anschließend aus dem Bad erhob. Wasser strömte an seiner kraftvollen Gestalt herab. Ich konnte mich nicht davon abhalten, ihn in seiner frisch gewaschenen, nackten Pracht anzustarren. Meine Gesicht errötete, aber ich hielt mir vor Augen, dass ich eine unerschrockene Frau war. Ich hatte schon mit Männern geschlafen, hatte Männer nackt baden gesehen. Es gab keinen Grund, sich dafür zu schämen.

Trotzdem hämmerte mein Herz schneller, als er auf mich zukam.

»Ich sollte dich abspülen«, flüsterte ich. »Es ist noch mehr heißes Wasser da, wenn du möchtest.«

Die kühle Nachtluft verwandelte meine Nippel in harte Kiesel. Ragnvalds Finger tänzelten den Kragen meines nassen Gewands entlang, und mir stockte der Atem. Als er mit einem Ruck den Knoten löste, mit dem ich den Stoff um meine Schultern befestigt hatte, ließ ich das Gewand zu Boden fallen und unternahm keinen Versuch, mich zu bedecken. Lust durchflutete mich. Ich war so nackt wie er, aber er stand verwegen da, während ich mich weiblich und verwundbar fühlte.

Er ging um mich herum und ergriff die zwei Tücher, die ich bereitgelegt hatte, um ihn abzutrocknen. Nachdem er sich eines davon um die Taille geschlungen hatte, kam er zu mir zurück und wickelte das zweite um mich.

»Danke«, flüsterte ich.

Ragnvald hob mein Kinn an und betrachtete mich. Meine Lippen teilten sich wartend, ja sogar sehnsüchtig. Aber als er sich bückte, drehte er meinen Kopf so, dass seine Lippen nur meine Wange streiften.

4

Das Licht des Sonnenaufgangs sprenkelte die Felle, als ich umgeben von den seidigen Pelzen erwachte. Mein Haar war noch feucht, ein Beweis dafür, dass die Nacht mit Ragnvald kein Traum gewesen war. Ich hatte ihn gewaschen, er hatte mich abgetrocknet und mich zum Bett geführt. Nach dem keuschen Kuss hatte er mich zugedeckt und über mich gewacht. Dabei hatte er ausgesehen wie die fahle Statue, als die ich ihn mir vorgestellt hatte. Ich musste eingeschlafen sein, denn ich erinnerte mich nicht daran, wie er sich davongeschlichen hatte.

Als ich erwachte, erhob sich Maddox von seinem Platz am Feuer und kam an meine Seite. Wortlos zog er mir die Felldecke weg. Sein Gesichtsausdruck verhärtete sich, als er sah, dass ich nackt war.

»Hat er ...«

»Nein. Er hat mich kaum angefasst.« Meine Hand fuhr zu meinem Hals. Ich wusste nicht, weshalb ich zitterte.

Maddox bemerkte es und zog mich in seine Arme. Ich klammerte mich an ihm fest. Die Angst, die ich vergangene

Nacht hinuntergeschluckt hatte, brach meine Dämme und sprudelte aus mir hervor.

»Du hast gedacht, er ... er würde mich vielleicht ...«

»Nein. Habe ich nicht. Wenn ich dächte, er wäre dazu fähig, würde ich dich nicht mit ihm allein lassen.« Seine Hand legte sich auf meinen Hinterkopf. »Ich habe dich nicht hierher geholt, um dich in Gefahr zu bringen.« Seine Stimme grollte tief durch seine Brust und erdete mich.

»Ich weiß.«

»Nie wieder. Nie wieder«, presste Maddox hervor. »Ich werde nie wieder jemanden nah genug an dich heranlassen, um dich zu verletzen.«

Die Nacht war vorbei. Ich hatte überlebt. Vergangene Nacht hatte Ragnvald eine Schwelle übertreten, von der Bestie zum Menschen, vom Wahnsinn zur Heilung. Aber auch ich hatte mich verändert und akzeptiert, was Maddox mein Schicksal nannte. Ein neuer Tag war angebrochen. Doch was bedeutete das? Was würde dieser neue Tag bereithalten?

Plötzlich hatte ich keine Zukunft mehr, nur diesen Augenblick und diesen vor Kraft strotzenden Mann vor mir.

Mit zögerlichen Fingern fuhr ich seine Züge nach, die scharf geschnittene Kieferpartie, die eingefallenen Wangen. Maddox hielt still, bis ich seine Lippen erreichte. Er knabberte an meinen Fingern. Da durchflutete mich jäh so heiße Lust, als hätte er den Mund stattdessen auf meinen Venushügel gestülpt.

Ich konnte seinen Namen nur hauchen.

»Maddox.«

Seine Lippen senkten sich auf meine. Wir küssten uns, und er rührte sich, übernahm die Führung. Der Druck auf meinen Mund trieb mich rückwärts. Ich fiel auf die Felle unter ihm und wimmerte, als eine seiner tätowierten Hände über meinen nackten Körper nach unten wanderte. Meine Hüften hoben sich seiner Berührung entgegen. Er legte die Handfläche auf meine Mitte und sah mir fragend ins Gesicht. Ich aber sprach kein Wort, wollte den Zauber nicht zerbrechen, sondern wartete, bis seine Finger meine unteren Lippen streiften und mich erregten. Schamlos wand ich mich auf den Fellen.

Es ging alles so schnell, doch ich brauchte es. Ich hatte so lange unter Anspannung gestanden, dass ich die Wärme eines anderen menschlichen Körpers neben mir brauchte, selbst wenn er meinem Entführer gehörte. Ich presste mich an ihn. Meine Haut sehnte sich so verzweifelt nach seiner Hitze wie eine Blume nach der Sonne. Starke Finger streichelten mich zwischen den Beinen, bevor sie gekrümmt in meine feuchte Pforte tauchten. Ich hob ein Bein an, schloss die Augen, und alles in mir schien den Atem anzuhalten. Nach einer solchen Berührung verzehrte ich mich jeden Monat, wenn der Vollmond mein Verlangen in ein tobendes Inferno verwandelte, das mich beinah in den Wahnsinn trieb.

»Sabine«, hauchte Maddox, während er meine nasse Hitze fingerte.

Jäh schlug ich die Augen auf.

Wir hatten fast Vollmond. Lust. Ich war brünstig.

Abrupt schob ich Maddox weg. Er reagierte sofort, stand auf und trat zurück, doch statt ihn anzuspringen, wie er es wahrscheinlich erwartet hatte, zog auch ich mich zurück.

»Nein, nein«, murmelte ich wieder und wieder. »Nein.« Mit den Händen über dem Gesicht kauerte ich am Rand des Bettes.

»Es tut mir leid«, entschuldigte ich mich und wünschte sogleich, ich hätte es nicht getan, als er die Worte als Einladung auffasste, sich mir zu nähern. Verspätet fiel mir ein, dass ich nackt war. Rasch zog ich mir ein Fell um die Schultern. Ich wagte einen Blick zu Maddox und zuckte angesichts der Kränkung in seinen Augen zusammen.

»Sabine, du hast von mir nichts zu befürchten.« Aber als er die Hand auf das mich verhüllende Fell legte, zuckte ich dennoch zusammen und rollte mich ein. Neben seiner großen Gestalt nahm ich mich winzig aus. Ich hegte keine Zweifel daran, wer gewinnen würde, wenn er versuchte, mich zu zwingen.

Natürlich wäre es nicht einmal Zwang, sobald mich die Lust und meine Begierden überkämen. Ich hatte keine Angst vor ihm. Ich hatte Angst vor mir selbst.

»Bitte.«

Er zupfte am Saum des Fells, aber nicht kraftvoll genug, um es mir zu entziehen. Ich umklammerte es fester und gab einen leisen Laut von mir, ein Flehen. Ein Schatten fiel über sein Gesicht, und er verließ mich.

Da ich den Großteil der Nacht wach gewesen war, kroch ich zurück in die warme Umarmung der Felle. Ich musste mit fest zusammengedrückten Beinen eingeschlafen sein. Denn als ich die Lider öffnete, war Maddox verschwunden. Dafür saß ein anderer Mann dem Feuer zugewandt am Rand des Bettes.

Als ich erwachte, drehte er sich um und lächelte. Mir stockte der Atem. Goldenes, bis auf die Schultern reichendes Haar, fein geschnittene Wangenknochen, edle Stirn. Ragnvald. Aber nicht so, wie ich ihn zum ersten Mal gesehen hatte. Der blonde Krieger wirkte so gesund wie Maddox. Was nicht nur am sauberen Körper und den glänzenden Haaren lag, es reichte tiefer. Die Schatten waren aus seinen Augenhöhlen verschwunden, die glanzlose Blässe seiner Haut hatte sich gelegt, und er trat selbstbewusster auf, nicht zögerlich wie ein

wildes Tier am Rand einer Straße, das die Zivilisation beobachtet, aber nicht dazugehört. Dieser Mann verkörperte durch
und durch den Herrscher, den ich in ihm vermutet hatte.

»Guten Morgen, Sabine«, begrüßte er mich mit einer
Stimme, die nicht so tief wie die von Maddox war, aber satt
und seidig, beinah königlich.

»Du kannst sprechen.«

Er lächelte: »Lange konnte ich das nicht. Aber anscheinend fällt es mir wieder ein.«

Gemessene Schritte unterbrachen uns. Maddox konnte
sich so leise bewegen wie ein Wolf, der sich an ein Kaninchen anpirscht, daher wusste ich, dass er uns hören lassen
wollte, wie er sich näherte. Allerdings schenkte er uns
keinerlei Beachtung, als er mit mürrischer Miene Holz für
das Feuer nachlegte. Ich wusste nicht, ob er wütend auf
Ragnvald oder auf mich war.

Nachdem Ragnvald eine Weile beobachtet hatte, wie
sich Maddox steif um das Feuer bewegte, drehte er sich um
und zwinkerte mir zu. Die milde Belustigung in seinen
Zügen verblüffte mich.

»Wie hast du geschlafen?«

»Gut, Herr. Und du?«

»Noch nie besser.«

Er verlagerte auf dem Bett die Haltung und winkte mich
näher. Ich zögerte. Dieser Mann – der sich manchmal in ein
Monster verwandelte – hatte mich zwar in der vergangenen
Nacht berührt, dennoch verspürte ich Argwohn in seiner
Gegenwart.

Schmunzelnd ließ Ragnvald die Hand sinken. »Siehst
du, Bruder? Sie weist auch mich zurück.«

Maddox erwiderte nichts, hörte aber auf, um das Feuer
zu stapfen. Nach einer Weile ging Ragnvald zu ihm, und mir

fiel auf, dass die Kette des blonden Mannes verschwunden
war.

»Herr«, rief ich. Beide Männer drehten sich um, doch
ich richtete die Aufmerksamkeit auf Ragnvald. »Fühlst du
dich besser?«

»Ja. So gesund, dass ich die Kette nicht mehr brauche.«
Die Schelle lag in der Nähe eines meiner Salbeibüschel. Im
Gegensatz zu meiner Kettenschelle wies die seine
Runen auf.

»Und was jetzt? Habe ich mir die Freiheit verdient?«

Ragnvald verzog das Gesicht. »Ich fürchte nein, kleine
Vala. Mein Körper heilt schnell, aber nur die Zeit kann
meinen Geist stärken. Deine Hilfe ist dabei nötig.« Seine
Stimme wurde tiefer. »Ich bin dir dankbar.«

Ich schlug die Augen nieder, als mein Körper in
Wallung geriet, auf sein vertrauliches Murmeln reagierte.
Ich konnte den Anblick der beiden Krieger nicht ertragen,
der eine dunkel, der andere hell. Allerdings spürte ich ihre
Blicke auf mir wie den Sog eines Strudels. Je runder der
Mond wurde, desto schlimmer würde das Verlangen in mir
werden. Während der Brunst würde ich mich abkapseln
oder die Lust befriedigen müssen.

Wenn sich mich hier gefangen hielten, würde ich dann
verhindern können, dass ich mich in meinen Begierden
verlor?

Maddox kam zu mir und kniete sich hin.

»Lauf ruhig weg, wenn du willst, kleine Hexe.« Mit
bloßen Hände brach er die Schelle auf und befreite meinen
Fuß. Er hob den Kopf und bedachte mich mit einem höhni-
schen Lächeln. »Wir werden Spaß dabei haben, dich zu
jagen.«

Mein Herz hämmerte wild, als ich den Kopf schieflegte.

»Ich werde nicht wegrennen. Meine Schwestern sind immer noch bei deinen Männern.«

Maddox ergriff mit der Hand eine meiner blonden Strähnen. »Ist das alles, was dich hier hält?«

»Es ist jedenfalls nicht die Gemütlichkeit dieser Höhle«, gab ich barsch zurück, und beide Männer lachten. »Ich hoffe, du hältst meine Schwestern in einer besseren Unterkunft fest.«

Ohne zu lächeln, entfernte sich Maddox. »Sie sind in Sicherheit und werden versorgt. Darauf gebe ich dir mein Wort.«

Nach einem mürrischen Nicken wartete ich, bis sie sich abwandten, damit ich mich anziehen und mir das Gesicht waschen konnte. Die Männer machten sich daran, ein gesamtes Wildschein zu braten, und mir knurrte bei dem Geruch, der die Höhle erfüllte, der Magen.

Ragnvald stand auf und streckte mir die Hand entgegen.

»Komm und iss mit uns«, lud er mich ein, als wären sie ehrenwerte Ritter und ich ihre Fürstin. Da ihre Aufmerksamkeit während der gesamten Mahlzeit auf mir ruhte, fuchtelte ich mehr als nötig mit den Händen und wischte mir die Haare zurück. Ich redete mir ein, es läge an der Wallung in meinem Blut.

Sofern sie meine geröteten Wangen bemerkten, verloren sie darüber kein Wort. Wir unterhielten uns über Unverfängliches, beispielsweise, wie Maddox bei der Jagd das Fleisch erbeutete oder welche Kräuter ich für die Zubereitung des Eintopfs am vergangenen Abend benutzt hatte.

»Ich werde mehr Kräuter sammeln müssen«, merkte ich an und hoffte auf eine Auszeit von der Höhle.

Maddox und Ragnvald wechselten einen Blick und schwiegen so lange, dass es gereicht hätte, um in der Zeit eine Unterhaltung zu führen, obwohl sie kein Wort sprachen.

»Wir erlauben dir, in den Wald zu gehen, wenn einer von uns in der Nähe bleibt«, entschied Ragnvald.

»Es ist nicht sicher genug, wenn du dich allein hinauswagst«, fügte Maddox hinzu.

Ich erhob dagegen keine Einwände. Eines Tages würde ich wieder frei sein, und in der Zwischenzeit würde ich mich ganz dem Wohlergehen meines Patienten widmen. Jede Aufmerksamkeit, die ich Ragnvald schenkte, hatte die erfreuliche Nebenwirkung, Maddox zu verärgern. Ich klimperte praktisch mit den Wimpern, als ich den blonden Krieger fragte: »Was hat dich auf diese Insel geführt?«

»Die Suche nach Glück«, erwiderte Ragnvald nach einer Pause, als hätte er nach den richtigen Worten gesucht. »Wir waren Söldner in Diensten eines Königs.«

»Harald Schönhaar?« Ich erinnerte mich an Maddox' Geschichte.

»Nein. Er war schon lange tot, als das Rudel hierher gesegelt ist.«

Ich runzelte die Stirn. »Du bist stärker als die meisten Menschen, richtig?«

»Als alle Menschen«, berichtigte mich Ragnvald. »Und die meisten Monster.«

»Warum herrschst du dann nicht über diese Insel? Du hast die Stärke und die Streitkräfte dafür.«

»Wie soll ein Mann über ein Land herrschen, der sich nicht einmal selbst beherrschen kann? Nein, *Vala*. Diese Wildnis ist das gesamte Ausmaß meines Herrschaftsgebiets.«

Das brachte mich zum Verstummen. Maddox hatte sich selbst als *Ausgestoßenen* bezeichnet. Der Preis ihrer verfluchten Macht.

»Früher einmal hätte ich vielleicht ein Königreich gewollt, aber nach den Jahren des Kampfes hoffe ich nur noch auf eine friedliche Zukunft, die ich mit einer Gefährtin teilen kann«, sagte Ragnvald, und Maddox nickte. Ich beschloss, dem Thema ihrer künftigen Gefährtin auszuweichen. Ganz gleich, wie sehr ihre Blicke mein Blut in Wallung versetzten, sobald meine Aufgabe erfüllt wäre, würde ich nach Hause zurückkehren.

»Du bist ein Wikinger, aber Maddox ist keiner. Wie habt ihr euch kennengelernt?«

»Ich habe Maddox das Leben gerettet.«

Maddox schnaubte. Er wirkte jünger und vergnügter, als ich ihn je erlebt hatte. Die Veränderung verschlug mir den Atem. Einen Moment lang sah er so wunderschön wie Ragnvald aus.

»So erinnere ich mich nicht daran, Bruder.«

Ragnvald legte den Kopf schief. »Dann erzähl du es.«

Maddox verfiel in jenen Ton, den ich als seine Bardenstimme erkannte. »Es war einmal ein König ...«

»Ein Hanswurst«, warf Ragnvald ein.

»Ein Parasit mit einem Königreich.« Maddox lächelte, als wäre es ein alter Scherz. »Er schlitzte seinen Brüdern die Kehlen auf und riss ihr Erbe an sich, damit er genug Geld hatte, um dich zu bezahlen.«

»Nachdem wir für Harald gekämpft hatten, sind wir auf diese Insel gekommen und Glücksritter geworden«, erklärte Ragnvald. »Uns war einerlei, für wen wir gekämpft haben, also haben wir auch für diese Made gekämpft und einige weitere Gebiete erobert.«

»Bis ein wortgewandter und unverschämt gutaussehender ...«

Diesmal schnaubte Ragnvald.

»... Söldner in dein Lager gekommen ist.« Maddox wackelte mit den Augenbrauen.

»Du hast nach Torf und altem Blut gestunken. Aber du hattest keine Angst. Da wusste ich, du warst einer von uns. Ein Berserker.«

»Ich habe sie überzeugt, für die Gegenseite zu kämpfen. Nicht für Geld, nur zum Spaß. Es war ein Vergnügen, den Kopf dieses Schmarotzers auf eine Pike zu spießen.«

»Seither ist Maddox ein Mitglied des Rudels.«

»Wo ist das Rudel jetzt?«, fragte ich und wünschte prompt, ich hätte es nicht getan, als alle Heiterkeit aus ihren Gesichtern verschwand.

»Zehn Wegstunden westlich«, kam leise von Maddox. Seine Stirn legte sich in Falten, und wieder fragte ich mich, ob Ragnvald und er in diesen langen Pausen untereinander irgendeine Geheimsprache benutzten.

Der Blonde hob eine Hand.

»Sprich es laut aus, Bruder. Sie kann es ruhig wissen.«

Maddox drehte sich mir zu. »Weniger als die Hälfte ist übrig. Ich lasse sie an den Klippen über dem Meer lagern. Wenn der Wahnsinn sie überkommt, treiben wir sie darüber, auf dass sie unten auf den Felsen ihrem Schicksal begegnen. Die Bestie kann viel überleben, aber letzten Endes ertrinkt sie.«

Das Fleisch verwandelte sich in meinem Mund in Asche. Diese Krieger waren in nahezu jeder Hinsicht wie Brüder. So lange gelebt zu haben und dann mit ansehen zu müssen, wie der Fluch sie einen nach dem anderen ereilte, musste die Hölle auf Erden sein. Kein Wunder, dass Maddox seinen Freund und durch ihn auch das Rudel retten wollte.

»Kann man ihnen helfen?«, fragte ich betroffen. »Ich meine ... kann *ich* ihnen helfen?«

»Das hast du bereits. Die Rettung des Alphas« – Maddox nickte in Ragnvalds Richtung – »bindet das Rudel aneinander, stärkt es.«

Ich nickte und errötete unter der Musterung der Krieger. Ich hatte die Frage gestellt, ohne darüber nachzudenken, was nötig wäre, um ein ganzes Rudel dieser gebrochenen Männer zu heilen, aber Maddox hatte recht. Ich *war* Heilerin, und meine Gabe Leidenden vorzuenthalten, wäre ein Verrat meines Eids.

Ragnvald erhob sich als Erster. Dann bückte er sich und küsste mich auf die Stirn. »Danke, kleine *Vala*.«

»*Vala?*« So hatte er mich schon öfter genannt.

»Hexe. Maddox hat recht. Du besitzt Magie.«

Ich öffnete den Mund zum Widersprechen, doch er legte mir einen Finger auf die Lippen. »Nicht wie eine Zauberin oder die meisten Hexen. Ihre Macht erfordert Opfer – ob Mensch oder Tier. Deine Macht ist eine Magie, die tiefer reicht, die natürlich ist und aus der Erde entspringt.«

»Dennoch erfordert auch sie Opfer«, fügte Maddox hinzu. »Aber einer anderen Art.«

»Welcher Art?«

»Selbstaufopferung. Und das ist die mächtigste Magie überhaupt.«

Ragnvald richtete sich auf. Die Schatten unter seinen Augen waren zurückgekehrt, als wir vom Rudel gesprochen hatten, und sie waren nicht wieder verschwunden. »Ich muss mich vorläufig von euch beiden verabschieden. Ich werde mich nicht weit entfernen.«

Mit langsamen, müden Schritten zog er sich in die Tiefen der Höhle zurück.

»Verzeih mir«, flüsterte ich.

»Es gibt nichts zu verzeihen«, entgegnete Maddox. »Früher oder später musste er vom Rudel erfahren. Ich habe ihn abgekapselt, um das Rudel vor ihm zu schützen, aber womöglich habe ich damit nur alles verschlimmert.« Er rieb sich mit einer Hand das Gesicht.

»Warum ist er gerade gegangen?«

»Er sucht Trost bei seinem Wolf, und er will nicht, dass du siehst, wie er sich in seine Wolfsgestalt verwandelt. Aber er wird zurückkommen, und sei es nur, um in deiner Nähe zu bleiben. Du beschwichtigst die Bestie.« Maddox setzte sich näher zu mir. »Du hast Fragen. Stell sie, Sabine.«

»Hätte sich Ragnvald verwandelt, was hättest du getan?«

»Ich hätte versucht, ihn zu töten. Die Schelle mit den Runen hätte dabei geholfen, ihn zu schwächen, dennoch hätte durchaus die Möglichkeit bestanden, dass er mich besiegt hätte. Wäre ich mir sicher gewesen, dass die Runenschelle gehalten hätte, ich hätte ihn zum Sterben zurückgelassen. Abgeschiedenheit vom Rudel lässt unseren Geist schneller verkommen. Ein einsamer Wolf ist ein toter Wolf.«

Ich dachte zurück an den einsamen Wolf auf dem Pfad des Dorfs, der mir unterwegs nach Hause den Weg versperrt hatte.

»Maddox, woher hast du von mir erfahren?«

»Die Hexe, von der diese Schelle mit Zaubern stammt, hat uns von Frauen mit Heilkräften erzählt. *Holzmouwas*, so hat sie es genannt. Strauchhexen. Keine Macht, um auf herkömmliche Weise Zauber zu wirken, dennoch besitzen sie eine Gabe.«

Ich stocherte in dem auf meinem Teller übrigen Fleisch. »Und woher hast du gewusst, dass ich diese Gabe besitze?«

»Aus zwei Gründen. Wir haben die Hexe befragt, von der wir die Schelle für Ragnvald haben, und sie hat uns von einer Familie mit *Holzmouwa*-Frauen erzählt. Deine Großmutter war eine, aber sie wurde vernichtet, am Scheiterhaufen verbrannt. Wir sind zu spät gekommen. Deine

Mutter war bereits mit dir und deinen Schwestern in das Dorf geflohen, das du als Zuhause bezeichnest. Danach hat es Jahre gedauert, dich zu finden. Deine Mutter besaß sehr wenig Macht, deshalb ist die Fährte erkaltet.« Plötzlich warf er mir einen lustvollen Blick zu. »Das heißt, bis du erwachsen geworden bist. Von da an war es einfach, deinem Geruch zu folgen.«

Ich räusperte mich. »Und als du mich gefunden hast ... woher hast du da gewusst, dass ich die Macht für den Versuch besitze, dein Rudel zu heilen?«

»Weil ich dich beobachtet habe, Sabine. Schon sehr, sehr lange.«

Ich blieb noch lange wach, nachdem sich Maddox auf dem Höhlenboden ein Bett zurechtgemacht hatte. Nachdenklich beobachtete ich, wie sich die mit Symbolen übersäte Brust hob und senkte. Nun wusste ich, warum der tätowierte Krieger anfangs kaum mit mir gesprochen hatte. Wenn die Bestie das Ruder übernahm, hatten diese Männer Mühe, sich an menschliche Sprache zu erinnern. Da wir uns mittlerweile ungehindert unterhalten konnten, führte eine Frage gleich zu sieben weiteren.

Eine Bewegung aus dem hinteren Bereich der Höhle erschreckte mich, doch es handelte sich nur um Ragnvald, der in Richtung des Feuers schlenderte, als wäre er ein Herrscher in seinen Hallen, nicht jemand, der barfuß in der Wildnis durch eine Höhle ging. Er wirkte herzlicher als zuvor.

»Kannst du nicht schlafen?«, fragte er.

Ich zuckte mit den Schultern.

»Der Mond ist aufgegangen. Morgen ist er voll.«

Ich zog die Knie enger an die Brust.

Ragnvald blieb am Fußende meines Bettes stehen und strich mit einer Hand über die Felle. »Darf ich?«

Ich nickte. Das Bett war groß genug für fünf Menschen, also würde es nicht schmerzen, eine Ecke mit diesem imposanten Krieger zu teilen. Ich fragte mich, ob ich mich ihm gleichgestellt fühlen würde, wenn wir uns von Angesicht zu Angesicht gegenüberlägen, oder ob ich mich neben seinem muskelbepackten Körper genauso winzig ausnähme, wie wenn wir beide standen.

Mit königlicher Anmut setzte sich der blonde Krieger nach meiner Zustimmung und betrachtete mich.

»Ich habe dich und Maddox reden gehört.«

»Wie weit zurück reicht diese Höhle?« Ich spähte in die Düsternis.

»Nicht weit. Ein paar Tunnel erstrecken sich weiter, aber sie sind gefährlich.« Ich wusste, dass er die Gefahr erwähnte, damit ich nicht in Versuchung geriete, sie zu erkunden, also nickte ich. »Aber ich habe euch auf andere Weise belauscht. Weißt du, unsere Geister sind verbunden. Miteinander und mit dem Rudel.«

Plötzlich ergaben die stillen Gesprächspausen zwischen Maddox und Ragnvald einen Sinn.

»Er ist ein anständiger Mann, Sabine«, fügte Ragnvald unverhofft hinzu. »Er hat mich nie aufgegeben, nicht einmal, als er es eigentlich hätte tun sollen. Wir haben getan, was wir konnten, aber mein Zustand wurde nur schlimmer. In einem Moment der Klarheit habe ich mir die verzauberte Schelle anlegen lassen. Wir haben gehofft, die Runen würden helfen, aber mein Abstieg hat sich trotzdem fortgesetzt ... Ich wäre gestorben. Ich war bereit zum Sterben.« Kurz verstummte er, und sein Schweigen vermittelte ein Leben voll Leid.

»Ich weiß, dass Maddox zu deinem Nachteil gehandelt hat – er hat dich aus deinem Zuhause entführt und hält deine Schwestern als Geiseln fest. Allerdings würde dir Maddox so etwas nie antun, wenn es nicht notwendig wäre. Ich denke, das weißt du.« Wir beide betrachteten den ausgestreckt auf dem Boden liegenden, tätowierten Krieger, dessen Züge im Schlaf entspannt wirkten. Unwillkürlich fragte ich mich, was aus Maddox und mir hätte werden können, wenn wir uns unter anderen Umständen kennengelernt hätten.

»Ja.«

Ragnvald erhob sich und kam zu meiner Seite des Bettes.

»Ihm liegt etwas an dir, Sabine. Uns beiden liegt etwas an dir.«

Ungebeten tauchte vor meinem geistigen Auge das Bild von Ragnvald nackt in der Badewanne auf. Nur war diesmal Maddox bei uns.

Plötzlich legte der blonde Krieger die Hand an meinen Hals und riss mich aus meinem Tagtraum. Ohne nachzudenken, legte ich meine Hand auf seine. Mein Herz überschlug sich, aber er zog nur das um mich gewickelte Fell enger.

»Du hast nichts zu befürchten, Sabine. Jedenfalls nicht von uns.« Er griff sich ein Fell, um sich auf dem Boden ein eigenes Bett zu richten. Als er sich von mir zurückzog, fügte er hinzu: »Und niemand kann gegen uns bestehen. Du musst dich nie wieder vor etwas fürchten.«

Damit legte er sich hin und schlief alsbald ein. Wach saß ich da, umgeben von zwei Kriegern, einer vor mir, einer hinter mir. Beide standen zwischen mir und dem Höhleneingang, zwischen mir und der Freiheit. Ihre regungslosen, starken Körper schienen sogar im Schlaf bereit zu sein, mich zu beschützen und für mich zu kämpfen.

Wenn ich den Kopf tief genug senkte, konnte ich vom Bett aus den zunehmenden Mond erspähen, der mir durch die breite Öffnung der Höhle zuzwinkerte. Noch einen Tag, dann würde mich die Lust mit voller Wucht erfassen.

Ragnvald irrte sich. Ich hatte allen Grund, mich zu fürchten. Ich konnte Monstern trotzen, Gefangenschaft überstehen, dem Tod ins Auge blicken. Aber ich konnte nicht verleugnen, was mein Herz begehrte, und das jagte mir mehr Angst ein als alles andere.

5

Ich erwachte schweißgebadet. Hitze loderte in meinem Körper. Meine Hüften bettelten um die Erlösung, nach der ich sogar in meinen Träumen suchte. Ich rappelte mich auf die Beine, suchte den Wassereimer und trank daraus, dann spritzte ich mir das kühle Nasse auf die fiebrige Haut, bevor ich mich nach meinen Kriegern umsah. Ragnvald war samt Fell verschwunden, aber während ich dastand und hinsah, kam Maddox mit mehreren Fischen an einer Schnur aus dem Wald zurück.

Er näherte sich mir und blieb stehen, musterte mich. Dann streckte er mit einer übertriebenen Geste die Nase in die Luft und schnupperte. Meine Wangen wurden heiß, als er mit einem wissenden Grinsen den Blick auf mich richtete.

Statt eine Äußerung abzugeben, ging er zum Feuer und steckte die Fische auf einen Spieß.

Ich nahm den Eimer mit und setzte mich an die Flammen. Wenn ich brav wäre, würde er mir vielleicht erlauben, Kräuter suchen zu gehen und im Bach zu baden, um mich abzukühlen.

Ich hielt den Eimer so vor meinem Körper, dass er nicht sehen würde, wie sich meine aufgerichteten Nippel durch das Leinengewand abzeichneten, aber Maddox ließ sich nicht täuschen. Als er auf mich zukam, zog sich mir alles zusammen, doch er streckte nur die Hand aus, verlangte stumm den Eimer. Ich gab ihn her, und Maddox verschwand damit den Pfad entlang, um ihn frisch zu füllen. Als er zurückkehrte, hielt er ihn mir entgegen.

»Danke.« Ich wollte den Eimer an mich nehmen, aber er ließ ihn nicht los.

»Dank mir noch nicht.« Seine Stimme klang rauer als sonst. »Du brauchst nur zu fragen, und ich gebe dir, was du willst – und mehr.«

Ich schlug die Augen nieder, spürte seinen Blick brennend auf den Wangen. »Ich will nichts von dir.« Er ließ den Eimer los und wich zurück, aber er beobachtete mich, als ich mich aufrichtete und mich anschickte, meine Gunna über das dünne Untergewand anzulegen. Der Stoff erwies sich als jämmerliche Rüstung gegen seinen durchdringenden Blick – und meine Erregung. Ich presste die Hände in der Hoffnung auf die Wangen, sie zu kühlen.

»Wo ist Ragnvald?«

»Auf der Jagd. Ich persönlich wäre ja nicht das Wagnis eingegangen, schon nach so kurzer Zeit die Bestie zurück an die Oberfläche dringen zu lassen, aber er scheint sich wieder deutlich mehr wie er selbst zu fühlen. Er spricht in höchsten Tönen von deinen Kräften.«

»Gestern Nacht hat er in höchsten Tönen von dir gesprochen.« Ich verschränkte die Arme vor der Brust. »Er schien von mir zu wollen, dass ich dir verzeihe. Oder dass ich zumindest verstehe, warum du so gehandelt hast.«

»Und?«

»Was geschehen ist, ist geschehen.« Ich vollführte eine ungeduldige Geste. »Hat sich ja noch alles zum Guten gewendet. Ich warte eigentlich nur darauf, dass du erkennst, dass er vollständig genesen ist, und dass du meinen Schwestern und mir erlaubst, nach Hause zurückzukehren.« Ich verspürte einen kurzen Anflug von Schuldgefühlen – in letzter Zeit hatte ich kaum einen Gedanken an Muriels und Fleurs Notlage verloren.

»Das also willst du?«

Ich öffnete den Mund. Er hob einen Finger.

»Ich kann Lügen riechen.« Er grinste, als ich das Gesicht abwandte. »Das ist nicht das Einzige, was ich riechen kann.«

Ich wirbelte zu ihm zurück. »Du sprichst von Dingen, die du nicht verstehst, Wolf.«

»Wirklich? Ich bin nicht derjenige, der Unübersehbares zu verbergen versucht. Du verleugnest deinen Körper, kleine Hexe.«

»Tu ich nicht«, widersprach ich. »Diese Stimmung ist nur natürlich. Sie geht vorüber.«

Darauf erwiderte er nichts, aber er näherte sich mir schleichend, drängte mich zurück. Meine Waden stießen gegen das Bett. Ich blieb stehen, statt mich hinzulegen und mich ihm wie ein williges Opfer darzubieten. Maddox befand sich mir nah genug, um mich zu küssen, und senkte auch den Kopf auf meinen zu, doch er atmete nur den Geruch meines Haars ein.

»Bei unserer Suche nach Heilung haben wir alles über *Holzmouwas* in Erfahrung gebracht, was wir konnten. Diese Frauen sind von einer tiefreichenden Magie der Erde erfüllt und gut darin, Kräuter anzubauen und mit ihnen zu heilen. Bei Vollmond überkommt sie eine große Lust, so groß, dass sie mit dem Teufel höchstpersönlich Unzucht treiben würden.« Seine Hand wischte ein Blatt von meiner Schulter, bevor er sie darauf ruhen ließ und zart meine Haut streichelte.

»Das glaube ich nicht«, gab ich zurück, obwohl ich wusste, dass seine Worte stimmten.

»Glaub es ruhig, Hexe.« Er schmunzelte. »Wenn deine Begierden unerträglich werden, musst du dir keinen Teufel suchen. Du hast zwei Dämonen unmittelbar vor deiner Nase.«

Mit einem Zucken der Schulter wich ich von ihm weg.

»Ich will euch nicht.«

»Mag sein. Aber zu gegebener Zeit wirst du uns brauchen.«

»Niemals.« Ich stieß mich von ihm ab, er zog mich zu sich zurück.

»Geh nicht weg von mir.«

Die Kraft in seiner Berührung brachte mein Herz zum Rasen und entfachte ein jähes Lodern zwischen meinen Beinen. Er ließ meinen Arm los, als hätte er ihn verbrannt, und ich wich rasch zurück.

»Ich brauche dich nicht. Dafür bin ich zu stark«, presste ich hervor.

Er rührte sich nicht, als könnte selbst ein einziger Schritt vorwärts seine Selbstbeherrschung zerbrechen. »Du *bist* stark, Sabine. Du brauchst einen genauso starken Mann. Er kann deine Brunst befriedigen und dich all die Dinge fühlen lassen, nach denen du dich sehnst.«

Während ich auf seinen Mund starrte, befeuchtete ich mir die Lippen. »Ich sehne mich nach gar nichts.«

Lange, nachdem er gegangen war, spürte ich, wie sich seine Worte in meinem Herz einnisteten – und an tieferer Stelle, in meinem verlangenden Schoß. Als ich in einem ungestörten Moment eine Hand zwischen meine Beine schob, verschaffte mir das keine Erleichterung. Ich wollte den Körper eines Mannes auf meinem, die Hände eines Mannes, die fordernd, verehrend über meine Haut wanderten. Maddox hatte recht. Meine gesamte Verteidigung, all die Begründungen, die ich mir im Verlauf der Zeit zurechtgelegt hatte, meine Vernunft und meine bewussten Gedanken – alles brach unter dem zerdrückenden Verlangen ein. In den Klauen des Monds vergaß ich meinen Vorsatz, frei zu bleiben.

BEI EINBRUCH der Dämmerung stand ich arbeitend am Kessel und wartete auf die Rückkehr der Krieger. Ich sah nichts und hörte nichts, als jemand mein Haar packte und meinen Kopf mit einem Ruck zurückkriss. Der Schmerz ließ mich zunächst erstarren, doch als mir Maddox' Geruch in die Nase stieg, entspannte ich mich. Er schmiegte sich an meinen Hals, und ich gab mich seiner Berührung hin.

So ist's gut, Sabine. Ich hörte seine Gedanken. *Gib dich mir hin.*

Mein Herz schlug schneller.

Gib nach, kleine Hexe.

Irgendwie fand seine Hand den Weg unter mein Kleid und zu meinem feuchten Schoß, der brüllend nach Berührung verlangte. Wimmernd versuchte ich, mich ihm zu entwinden, aber meine Lippen teilten sich und standen kurz davor, um mehr zu betteln.

Ja. Kämpf ruhig dagegen an. Er zog mich zum Bett und legte mich hin. *Kämpf gegen dein Vergnügen an. Dadurch wird es umso größer, wenn es einsetzt. Es wird dich verschlingen.*

»Nein«, hauchte ich. »Nein, nein.« Dennoch zog ich ihn zu mir und spreizte weit die Beine, lud ihn ein, seinen heißen Mund auf meine Liebespforte zu pressen. Ich keuchte, als seine Zunge verspielt an mir leckte, meine feuchten Falten gründlich erkundete und all meine Geheimnisse entdeckte, bis ich vor Lust erzitterte.

»Aufhören ...« Ich versuchte, ihn wegzudrücken, obwohl sich meine Hüften hoben und um mehr bettelten. Ragnvald kniete sich hinter mich und hielt meine Handgelenke neben meinem Kopf fest. Mein Höhepunkt baute sich auf, während der eine Krieger die Zunge tief in mich schob und mich der andere fixierte. Als einer meiner Nippel gekniffen wurde und Maddox' Zunge über meine Lustperle schnippte, spannte ich den Körper an und schrie meine Lust den Sternen entgegen. Maddox blieb zwischen meinen Beinen, leckte gemächlich weiter an meiner so empfindsamen Haut, und ich stieg erneut auf, schraubte mich wie Rauch empor, der sich verhärtet, zersplittert und herabprasselt. Wieder und wieder, bis ich keinen klaren Gedanken mehr fassen konnte.

Ich flehte sie an, mich zu nehmen, denn ich brauchte ihre harten Körper an mich gepresst, an mir reibend, als könnte nur die Berührung ihrer Haut meine Seele am Leben erhalten.

»Ja!«, rief ich, als mich Erleichterung durchströmte und ich beinah schmerzlich ausgefüllt wurde. Ich tänzelte am Rand der Ekstase.

»Komm«, verlangte Ragnvald. »Komm jetzt.«

Ich tat es schreiend und knirschte mit den Zähne unter einem so perfekten Orgasmus, dass mich zugleich Verlangen und die Angst durchzuckten, mich nie wieder so vollständig zu fühlen.

Schließlich hatte ich das Gefühl, irgendwo über dem Bett zu schweben, als sie mich küssten. Die zärtlichen Zuwendungen ihrer Lippen lösten mich auf, und ich weinte.

Sie hielten mich fest, streichelten meine zitternden Gliedmaßen, als wir uns auf den Fellen ineinander verschlangen und aus drei Körpern einer wurde.

»Wir verpflichten uns dir«, sagten sie. »Erteil uns einen Befehl, und wir führen ihn aus.«

»Lasst mich gehen«, bat ich und klammerte mich an ihnen fest. Sie ergriffen meine Hände.

»Alles«, antworteten sie, »außer das ...«

ICH ERWACHTE SCHWITZEND aus meinem Traum. Mondlicht erhellte die Höhle. Ich rollte mich auf den Bauch und vergrub den Kopf in den Fellen.

Die Brunst hatte mich erfasst. Als ich die Beine zusammenpresste, fühlten sich meine Schenkel schlüpfrig an. Meine Nippel pressten hart wie Kiesel gegen das Bett. Ich biss in die Felle und betete, dass ich durchhalten und nicht zerbrechen würde.

ALS DER MORGEN KAM, verspürte ich zunächst Erleichterung darüber, dass ich allein erwachte. Nachdem ich mich um das Feuer gekümmert hatte, ergriff ich den Eimer, um Wasser zu holen, hielt jedoch unvermittelt inne, als Ragnvald aus dem Wald auf mich zukam.

»Ich w-wollte nicht wegrennen«, stammelte ich leise. »Ich wollte nur frisches Wasser holen.«

Der blonde Krieger legte den Kopf schief, als versuchte er, mich zu verstehen. Ich wich zurück, und er wurde regungslos wie ein Wolf, der Beute wittert.

In den goldenen Augen lag keine Menschlichkeit.

»Ragnvald, ich bin's. Sabine.«

Mit schillernden Augen setzte sich Ragnvald in meine Richtung in Bewegung, so auf mich bedacht, dass er Maddox erst bemerkte, als der tätowierte Krieger ihn an der Schulter packte.

Ragnvald wirbelte knurrend zu ihm herum, und Maddox griff ihn an. Sie rangen miteinander, und ich biss mir auf die Unterlippe, um einen Aufschrei zu unterdrücken. Der um einen Kopf größere Ragnvald kämpfte sich vorwärts, aber Maddox drängte ihn zurück, achtete darauf, mit dem Körper zwischen mir und dem wahnsinnigen Alpha zu bleiben.

»Nein«, fauchte Maddox. »Nicht sie. Verletz mich – oder sonst irgendjemanden. Aber nicht sie.«

Erleichtert atmete ich durch, als Ragnvald innehielt und sich zu erinnern schien, wer er war. Ohne ein Wort verschwand der Wikinger in den Wald. Maddox folgte ihm.

Ich wusste, sie würden sich nicht weit entfernen. Als er weg war, rannte ich zum Wassereimer. Ich zerriss ein Tuch zu Lappen und wusch mich zwischen den Beinen, um den Geruch zu dämpfen. Nachdem ich mir die Haut wund gescheuert hatte, warf ich die Lappen ins Feuer. Noch ein paar Nächte, dann würde die Brunst vorüber sein. Hoffte ich zumindest.

An jenem Abend kehrten sie mit einem großen gehörnten Tier zwischen sich zurück. Ich hatte allen Salbei verbrannt, bis ein grauer Rauch die Höhle ausfüllte. Beide Männer wollten mir nicht in die Augen sehen.

Wir aßen schweigend zusammen, danach ging Ragnvald wieder. Ich spürte einen übernatürlichen Windstoß, der mir die Nackenhaare sträubte, dann trottete ein großer, grauer und goldener Wolf in die Höhle und legte sich mit einem Seufzen am Fußende meines Bettes hin.

Einen Moment lang begegnete ich seinem Blick und erkannte das strahlende Gold der Augen. Ich sank zurück aufs Bett und dachte über die Worte nach, die ich in meinem Geist hörte.

Verzeih mir.

6

Von da an hielten sich die Krieger von mir fern, so gut sie konnten. Das langsame Abnehmen des Monds half nicht dabei, mein Verlangen zu verringern. Es wuchs eher noch.

Eines Nachts, nachdem ich mich stundenlang rastlos auf den Fellen gewälzt hatte, hörte ich eine leise Bewegung und schlug die Augen auf.

Beide Männer saßen am Rand des Bettes. Das Licht in ihren Augen erinnerte an Leuchtfeuer in der Nacht.

Ich setzte mich auf. Vor dem Einschlafen hatte ich mich selbst befriedigt, hatte mich mit den Fingern auf der Suche nach der Erlösung massiert, die mir nur ein Mann bescheren konnte. Da sich sogar die Berührung von Stoff an meiner Haut unerträglich anfühlte, hatte ich mich ausgezogen.

Als ich wacher wurde, fiel mir ein, dass ich unter den Fellen nackt war. Daran, wie die Männer die Blicke auf meine bloßen Schultern hefteten, merkte ich, dass es ihnen nicht entging.

Es spielte keine Rolle. Die Brunst verseuchte meinen

Geist und all meine Vernunft. Statt mir die Felle an die nackte Brust zu drücken, ließ ich sie von mir gleiten und wartete.

Ragnvald setzte sich in Bewegung, und Maddox folgte seinem Beispiel sofort. Die Männer stellten sich zu meinen beiden Seiten auf. Zuerst berührten sie nur mein Haar, zwirbelten die Strähnen, strichen sie mir von den Schultern und vom verwundbaren Hals. Als sie die Felle von meinem nackten Leib zogen, presste ich die Beine zusammen, doch die aus mir sickernde Nässe ließ sich nicht verbergen. Ich hatte Mühe, mich unter ihren Blicken nicht zu winden.

Schließlich schaute Ragnvald vom glänzenden Scheitelpunkt meiner Schenkel auf.

»Wie lange leidest du schon so?«

Maddox antwortete für mich. »Zu lange.«

Ragnvald schlang eine Hand um mein Fußgelenk. Er beobachtete meinen Gesichtsausdruck, während er die Hand erst zu meiner Wade, dann über mein Knie und meinen Oberschenkel wandern ließ.

»Bitte«, hauchte ich. Jahrelang hatte ich den Vollmond mit seiner leuchtenden Macht über das Verlangen, unter dem ich litt, zugleich geliebt und gefürchtet. Es würde nicht schaden, wenn ich meinen Begierden ausnahmsweise für eine kurze Weile nachgäbe.

Maddox trat hinter meinen Rücken, hielt mich mit den Armen fest. Ich setzte mich nicht zur Wehr, sondern beobachtete, wie sich Ragnvald zwischen meine Beine kniete. Der Alpha senkte den königlichen Kopf und küsste mich. Sein Mund schmeckte nach Honig, Lust und Verlangen. Nach allem, wonach ich mein Leben lang gesucht hatte, und als der Kuss endete, berührte ich sein Gesicht, um mich zu vergewissern, dass er real war. Auch seine große Hand hob sich zu meinem Gesicht, bevor sie den Weg nach unten antrat, erst über meinen nackten Busen und danach noch tiefer wanderte. Meine Hüften hoben sich bereits, aber er schenkte meinem Schritt vorerst keine Beachtung, entschied stattdessen, meine Beine von oben bis unten zu streicheln, zarte Berührungen, die mich beinah um den Verstand brachten.

Maddox zog mich näher, bis mein Rücken seine nackte Brust berührte. Ich sank gegen ihn und japste, als sich seine tätowierten Hände auf meine Brüste legten. Meine Beine spreizten sich weiter für Ragnvalds Erkundung.

»Weißt du, wie lange es her ist?«, fragte Maddox mit rauer Stimme. Das nackte Verlangen, das ich darin hörte, hätte mich um ein Haar zum Weinen gebracht. »Weißt du, wie lange wir auf dich gewartet haben?«

Sein Griff um mich verstärkte sich, ließ mein Herz schneller pochen, und da verstand ich ihre herrliche Absicht. Die beiden Krieger würden mich in dieser Nacht von Kopf bis Fuß in Besitz nehmen.

»Weißt du, wie lange ich dich schon beobachte und begehre?« Maddox' Lippen berührten mein Ohr. »Jede Nacht.«

Ragnvald setzte seine herrliche Folter fort, schmeckte mich mit wirbelnder, leckender Zunge, tänzelte bald näher und bald weiter weg, befriedigte mich nie, sondern schürte die Flammen in mir, ließ sie höher und höher aufsteigen, heißer und heißer werden. Er kostete jede Spalte, jede geheime Stelle, während seine Hände meinen Hintern fest-hielten.

»Wie lange sollten wir dich warten lassen? Wie lange sollten wir dich genauso foltern, wie du uns gefoltert hast?« Maddox flüsterte weiter, während seine geschickten Finger meine Brüste umkreisten, sie kneteten, die Nippel kniffen, bis ich mich windend fester gegen seine Hände presste. Stumm bettelte ich gedankenlos um irgendetwas und konnte nur hilflos alles nehmen, was sie geben wollten.

Ragnvald schien zufrieden damit zu sein, zwischen meinen Schenkeln mit der Zunge an einer Seite meiner Scham hinauf und an der anderen herunter zu streichen. Sobald ich mich entspannte, fügte er die Zähne hinzu, begann mit einem zärtlichen Knabbern, das meine Hüften zucken und meine Scham nässen ließ.

»Bitte«, presste ich schließlich erstickt hervor. Eine von Maddox' Händen löste sich von meiner Brust und kreiste an meinem Hals.

»Bitte was, Sabine?« Mein harter Kern schmolz, als er meinen Namen hauchte. »Bitte, worum du willst, Kleines. Vielleicht geben wir es dir.«

»Bitte ...«

Ragnvalds Zunge bewegte sich näher zu meiner triefenden Pforte, und meine Hüften bäumten sich heftiger auf.

»Sag es uns, kleine Hexe.« Maddox kicherte, dann knabberte er an meinem Ohrläppchen. Ich warf mich hin und her, wollte mich ihnen entwinden, aber Ragnvalds Hände drückten meine Beine nieder, während mich sein Mund weiter bearbeitete. Seine Zunge leckte über die Nässe an den Innenseiten meiner Schenkel.

»Ich will das nicht«, log ich, obwohl aus meinem lüsternen Körper weitere Säfte austraten, die Ragnvald aufleckte.

»Lüg nicht.« Maddox' Hand übte leichten Druck auf meinen Hals aus. »Lügen ziehen Bestrafung nach sich. Aber sagst du die Wahrheit, geben wir dir, was du willst.«

»Ich ... sollte das nicht wollen.«

»Braves Mädchen.« Maddox' Stimme wurde milder. »Das ist die Wahrheit.«

»Du hast versprochen, ihr lasst mich gehen, wenn ich die Wahrheit sage.«

»Nein. Ich habe versprochen, dass wir dir geben, was du willst. Und das« – Ragnvalds Zunge bewegte sich im Takt von Maddox' Worten – »ist, was du willst.«

Meine Hände bebten auf den Fellen, krallten sich in sie, als könnte ich so meine Selbstbeherrschung festhalten.

»Ihr müsst mich gehen lassen ...«

Zur Antwort verlagerte Maddox die Hand und zog meinen Kopf zur Seite, legte die verwundbare Stelle zwischen meinem Hals und meiner Schulter frei. Er stülpte den Mund über meinen Puls und saugte an der Ader.

Ragnvald rückte meiner Mitte näher.

Ein Stöhnen kam in mir auf, hallte aus dem Ort tief in mir, wo ich jede Begierde wegsperrte, die ich nicht haben sollte.

»Ihr seid meine Entführer. Ihr haltet mich in diesem Gefängnis fest ...«

»Falsch, kleine Hexe. Wir sind diejenigen, die dich befreien.«

Etwas baute sich in mir auf, unaufhörlich. Mein Körper schraubte sich höher wie ein der Sonne entgegenfliegender Vogel.

»Und wir werden dich niemals gehen lassen.«

Ragnvalds Mund traf in dem Moment die richtige Stelle, in dem Maddox' Zähne die Haut an meiner Schulter durchdrangen. Der leichte Schmerz und die tobende Lust vereinten sich, und mein Körper bebte krampfhaft wie ein Blatt, das in einem Sturmwind zittert. Während mich die Schauder durchliefen, war ich dankbar für Maddox' kraftvollen, um mich geschlungenen Arme und seine feste Brust an meinem Rücken. Diese Arme konnten mich verletzen, mich töten, aber sie konnten mich auch beschützen.

Tränen liefen mir aus den Augenwinkeln. Ragnvald leckte sie weg. Dann drückte er den Mund auf meinen, hinterließ meinen eigenen Geschmack auf meinen Lippen.

»Bitte.« Da meine Verteidigung durchbrochen war, konnte ich um das bitten, was ich wollte, was ich brauchte. »Bitte füll mich aus.«

Meine Ekstase flaute ab und hinterließ eine gähnende Leere. Ich würde alles dafür tun, dass sie mich nähmen. Sonst würde ich sterben.

»Geduld.« Ragnvald schmiegte sich an meine Brüste. »Du wirst tun, was wir befehlen. Wenn wir begehren, dass du deine Lust heute Nacht tausendmal befriedigst, wirst du gehorchen.«

»Ihr werdet mich zerbrechen.«

»Nur deinen Willen. »Seine Hände wanderten über meinen Körper, während mir Maddox meine Armen an die Seiten drückte. »Den Rest werden wir sicher verwahren.«

»Aber ...«, wollte ich die Stimme erheben, und Ragnvald brachte mich mit einem Finger an meinen Lippen zum Schweigen. »Still jetzt. Heute Nacht sind wir deine Herren. Du dienst unseren Begierden.«

»Fürchte dich nicht, Sabine«, sagte Maddox. »Was wir begehren, ist dein Vergnügen. Wir werden dich deine Lust nicht länger verleugnen lassen.«

»Oder unsere.« Ragnvald streichelte meinen Schenkel. »Könnte ich mit der Göttin sprechen, würde ich fragen: Wie kann ein menschlicher Körper so liebreizend sein?«

Maddox' Hand fuhr die Vertiefung an meiner Hüfte nach. »Sie benutzt Zuckergummi, um sich die Beine zu glätten.«

Ragnvald stellte mein Bein auf und küsste mein Knie zuerst, dann leckte er daran. Seine Zunge wanderte höher, zog eine heiße Spur über meinen Schenkel, und ich spürte, wie sich mein Innerstes anspannte, erneut bereit für seine verruchten Berührungen. »Ich kann die Süße schmecken. Und einen herben Beigeschmack.«

Maddox kicherte, ein berauschender Laut in meinem Ohr. Ich spürte ein Grollen in seiner Brust. »Was du schmeckst, ist kein Zuckergummi, Bruder.«

»Es ist Göttlichkeit.« Ragnvald schmiegte kurz das Gesicht zwischen meine Beine. »Edelster Met. Honig und Hochgeistiges. Das erweckt Verlangen nach mehr.« Er tauchte auf und küsste mich erneut, zärtlich, gekonnt. »Wir werden nie von deiner Süße befriedigt sein, Sabine.«

»Zum Glück hat sie noch mehr zu bieten. Zum Beispiel ihre scharfe Zunge.«

»M-hm.« Ragnvald dehnte den Kuss aus. »Wir wissen, wie man sie zähmt.«

Mehrere Minuten lang streichelten sie meinen Körper, erkundeten jeden Teil davon. Wenn ich mich dagegen wehrte, hielt mich einer fest, während der andere weitermachte. Maddox tauchte den Finger in meine Scham. Ragnvald nahm meine Brüste in die Hände. Sie berührten mich überall außer dort, wo ich es am meisten brauchte, und meine Erregung stieg in schwindelerregende Höhen auf.

»Bitte«, hauchte ich atemlos. »Ich brauche euch.«

»Wen von uns?« Ragnvald hob den Kopf. Der Hunger in seinen Augen verschlug mir den Atem.

»I-ich kann mich nicht entscheiden.« Wenn mich nur einer von ihnen verließe, könnte ich es nicht ertragen. Maddox verlagerte mich in seinen Armen so, dass ich sowohl sein Gesicht als auch das seines Kriegerbruders sehen konnte. Das in die Höhle einfallende Mondlicht reichte gerade aus, um ihr unverhohlenes Verlangen zu offenbaren. »Euch beide«, flüsterte ich schließlich mit trockenem Mund. »Ich brauche euch beide.«

»Wir geben dir, was du brauchst, süßes Wesen.« Ragn-vald legte eine Hand auf mein Bein. »Wie viele Männer hast du schon gehabt? Ich frage das, damit wir dir nicht wehtun, wenn es so weit ist.«

Ich konnte kaum die Gedanken zusammennehmen.

Maddox senkte die Hand und kniff mich in einen Nippel.

»Wie viele, Sabine?«

»Keinen. Nur Jungen, die gern Männer wären.«

»Hm.« Ragnvald zog seinen Lendenschurz beiseite, und ich atmete stockend ein, zugleich verblüfft und von Verlangen erfüllt.

»Du bist größer als jeder der anderen«, presste ich heraus.

Er lächelte zwar nicht, doch ich spürte seine Freude über die Worte. Ein Teil von ihm war immer noch ein Mann und stolz. »Wir werden dich hier nehmen.« Er berührte die Ränder meines Geschlechts, streifte jedoch nicht die empfindsame Knospe über meiner Pforte. »Und hier.« Seine Finger wanderten zu meinem Hintereingang und verharrten darüber. »Aber nicht heute Nacht.«

»Doch, bitte. Ich brauche euch in mir.«

»So?« Ragnvald tauchte die Finger in meine feuchte Mitte und spreizte sie, während sein Daumen eine dralle Schamlippe entlangfuhr und in der Nähe meiner Lustperle verharrte.

Ich wimmerte, als das Verlangen in mir aufloderte und meinen Geist bestürmte. Als er die Hand entfernte, schrie ich auf und trat aus, bis Ragnvald die Beine auf die meinen hievte und sie gespreizt hielt.

»Ich liebe es, sie betteln zu hören.« Maddox verlagerte mich in seinen Armen, klemmte einen Arm fester um meine Mitte, einen unmittelbar unter meine Brüste.

Ragnvalds Finger kehrten zurück und streichelten mich zart. »Vielleicht sollten wir sie bis zum nächsten Vollmond in diesem Zustand lassen. Von qualvollem Verlangen erfüllt, feucht, ans Bett gekettet.« Er blinzelte. »Die Vorstellung gefällt ihr. Sie zuckt an meiner Hand.«

»Wir werden dich um alles betteln lassen, was du brauchst – Essen, Wasser und Erlösung«, spann Maddox die Geschichte weiter.

»Ein schönes Spiel.«

»Halt sie fest, Bruder.« Maddox bot mich dem Wikinger dar. »Ich habe sie noch nicht gekostet.«

Die beiden tauschten die Plätze, bewegten mich wie einen Sack Getreide zwischen ihnen. Nein, nicht Getreide – wie einen Schatz aus Elfenbein und Perlen, mit Haar aus gesponnenem Gold. Aber als mich Ragnvald auf seinen Schoß nahm und Maddox meine Beine spreizte, spürte ich die Dominanz in ihren Berührungen. Sie betrachteten mich tatsächlich als ihren Schatz, ihren Besitz. Sie würden mit mir machen, was immer sie wollten, so lange sie es wollten.

»Sehr schön«, meinte Maddox. Er setzte sich zwischen meine Beine und starrte auf meine feuchte Mitte. Ragnvald hielt mich fest, als ich mich ihm zu entwinden versuchte.

»Halt still, Sabine.«

Ich wandte den Blick von Maddox' eindringlicher Betrachtung meiner Scham ab. »Bitte, nehmt mich einfach.«

»Still«, murmelte Maddox. Er berührte mich, strich mit einem Finger meine unteren Lippen entlang, sonst jedoch tat er nichts. »Sieh mich an.«

Ich presste die Augen zu.

»Sabine. Tu, was ich sage.«

Wieder schloss sich eine Faust um mein Herz, drückte zu und weckte in mir den Wunsch, mich zu verstecken. Diese Männer waren weit gereist und hatten viele Frauen gehabt. Wie konnten sie mich ansehen, als wäre ich die Einzige auf Erden, die sie wollten?

»Sabine, ich sage es dir nicht noch einmal.«

Ich gehorchte.

»Sieh mich an«, befahl er mir. Als er seine hauchzarte Erkundung meiner intimsten Stelle fortsetzte, kämpfte ich gegen den Drang an, die Augen zu schließen, die Beine zusammenzupressen und mich ihm zu entwinden.

Ragnvald spannte die muskelbepackten Arme um mich an, hielt mich fester, erinnerte mich daran, wie mühelos er meine Gegenwehr brechen konnte.

Maddox' Hand senkte sich auf die Stelle zwischen meinen Beinen. Er klatschte auf meine Scham. Mir entfuhr ein quiekender Laut und ich zappelte, als das nasse Geräusch ertönte.

»Das gefällt ihr.« Maddox leckte meinen Geschmack von seiner Hand.

»Warte.« Ragnvald bewegte die Beine so, dass er die meinen niederdrückte und weiter spreizte. »Mach es noch einmal.«

Ein weiteres Klatschen, dann ein Tänzeln zärtlicher Finger. Die Lust traf mich wie eine zuschlagende Faust, die sich sogleich knapp außer Reichweite zurückzog.

»Bitte. Aufhören.«

»Noch mal«, befahl Ragnvald, und Maddox gehorchte mit einem verruchten Grinsen. Ich heulte auf und verfluchte innerlich beide, während ich mich an Ragnvalds muskulösem Körper krümmte. Ich wollte es mit ihnen treiben, ich wollte sie umbringen – durch mein überwältigendes Verlangen fühlte sich beides wie ein und dasselbe an.

»Sie mag es hart«, stellte Maddox fest. »Mal sehen, wie ihr das gefällt.« Damit bückte er sich und fuhr mit der

Zunge hauchzart meine Spalte entlang auf und ab. Ich hörte auf, mich zu wehren, und schmolz gegen Ragnvald. Maddox sah mir tief in die Augen. Der Anblick meiner blassen Beine um sein grobknochiges Gesicht gehörte mit zum Schönsten, was ich je gesehen hatte.

Ein Stöhnen brach aus mir hervor, langgezogen und laut wie das Heulen eines Wolfs. Maddox hörte nicht auf, mich in eine Ekstase zu treiben, die dem gleichkam, was Ragnvald mir beschert hatte. Meine Scham pulsierte wie ein wildes Lebewesen. Mit mittlerweile geschlossenen Augen drückte Maddox die Lippen für einen andächtigen Kuss auf meine Mitte. Seine Gewalt rang mich nieder, seine Zärtlichkeit löste mich auf.

Als mich Maddox vor sich her zum Höhepunkt trieb, schob er einen Finger in meinen Hintereingang. Ich bäumte mich auf, als mir klar wurde, wie er gerade in mich eingedrungen war, doch dadurch und durch seinen Mund an meinem Geschlecht wurde ich überwältigt. Die Ekstase raubte mir den Verstand und ließ mich in Maddox' Griff erzittern. Die Euphorie verschlug mich in ein Reich ohne Worte, raubte mir den Atem, ließ meine Sicht schwarz werden.

Als sich mein Sehvermögen wieder einstellte, erblickte ich vor mir Maddox, der sich die Lippen leckte.

»Du bist befriedigend, Sabine.«

»Du bist mehr als befriedigend«, kam von Ragnvald. Behutsam löste er sich von mir und legte mich aufs Bett. Maddox entfernte sich und befeuchtete ein Tuch. Als er damit zurückkehrte, drückte er es auf meine pralle, noch pulsierende Mitte. Beide Männer reinigten mich und strichen mein Haar glatt, während ich das Gefühl hatte, auf dem Bett zu schweben.

Als sie mich mit den Fellen zudeckten und sich zum Gehen wandten, wurde ich wach.

»Wartet, ihr wollt gehen? Was ist mit ...« Ihre unübersehbare Erregung beulte ihre Kleidung aus. »Ich kann euch dienen. Bitte, ich will es.«

Ich wusste, dass ich auf dem Bett kauernd wie eine Sirene aussehen musste, das blonde Haar über dem Rücken, die Nippel aufgerichtet und die Lippen gerötet von ihren Küssen. Ich war willig und verging mich vor Verlangen. Die Männer zögerten und wechselten einen Blick.

»Du bist nicht bereit, kleine Hexe.«

»Mein Körper sehnt sich nach euch. Bitte füllt mich aus.«

Sie wirkten hin- und hergerissen.

Allerdings genügte ihnen meine Begierde nicht. Sie mussten mich besitzen.

»Nein, Sabine. Du musst dir sicher sein.«

»Wenn du dich uns hingibst, wird es kein Zögern und kein Zurück geben. Wir werden Anspruch auf deinen Körper erheben. Jeder Teil von dir wird unser sein. Du wirst für alle Ewigkeit uns gehören.«

»Und wir werden dir gehören.«

ALS DER MOND höherstieg und über der Höhle verschwand, lag ich sehnsüchtig auf dem Bett. Das mir von den Kriegern bereitete Vergnügen hatte nur meinen Appetit auf mehr geschürt. Aber sie weigerten sich, weiterzumachen, bis ich mich ihnen vollständig hingeben würde.

Als ich den Kopf hob, begegnete ich Maddox' Blick. Keiner der beiden Krieger schlief. Der Geruch meiner Erregung hing so durchdringend in der Luft, dass sogar ich ihn riechen konnte. Für diese Männer, die sich in Wölfe verwandeln konnten, musste es eine wahre Folter sein.

Schließlich rollte ich mich auf die Seite, drehte mich ihnen zu.

»Warum?«

»Wir würden dich entehren, wenn wir dich in deinem beeinträchtigten Zustand nehmen.«

Krampfhaft krallte ich die Finger in die Felle, um nicht wüst zu schimpfen. Ich sollte eigentlich die Starke sein.

»Wenn sich ein Wolf eine Gefährtin nimmt, dann auf Lebenszeit. Sie sind fortan miteinander verbunden – mit einem Band, das stärker als jede Rudel- oder Bruderverbindung ist.«

»Ich will keinen Gefährten«, presste ich hervor. »Ich will es nur treiben. Ihr könnt doch bestimmt euer Ehrgefühl für eine Nacht beiseiteschieben.« Meine Kehle fühlte sich wund vor Frustration und davon an, dass ich meine Ekstase vorhin hinausgeschrien hatte.

Maddox schaute weg. Ragnvald schüttelte den Kopf.

»Ich hasse euch«, fauchte ich und legte mich wieder hin.

Beinah konnte ich hören, wie Maddox sagte: *Das ist guter Zorn, kleine Hexe. Benutz ihn.*

Wenn es einen Weg gab, diese Krieger zu verführen, ohne mich für immer an sie zu binden, würde ich ihn finden. Seufzend rollte ich mich auf die Seite.

Es würde eine lange Nacht werden.

Den Vormittag hindurch schmollte ich, obwohl ich bis Mittag allein blieb. Schließlich kam Maddox aus dem Wald. Sein verkniffener Gesichtsausdruck verriet mir, dass er kurz vor dem Ende seiner Selbstbeherrschung stand.

Als ich ihn fragte, antwortete er mir: »Ragnvald ist beim Rudel. Falls du betest, kleine Hexe, dann bete um Frieden bei diesem Treffen. Seine Bestie würde nicht gut auf Bedrohungen reagieren.«

»Wenn seine Kontrolle noch so zerbrechlich ist, warum hast du ihn dann gehen lassen?«

»Er muss seinen Platz im Rudel bestimmen. Das Treffen wird die Rudelbindungen erneuern und stärken, den Mitgliedern die Kraft verleihen, die sie brauchen, um die eigenen Bestien zu kontrollieren.«

Schnaubend ging ich zum Feuer und zurück, wärmte Wasser zum Waschen, zog die Felle vom Bett, um sie zu lüften. Ich spürte Maddox hinter mir und hielt inne.

»Mach dir keine Sorgen, kleine Hexe. Er wird bald zurück sein.«

»Mir ist egal, ob er zurückkommt. Mir ist egal, ob ich einen von euch je wiedersehe.«

»Ich weiß, du hältst uns für grausam.«

»Natürlich tu ich das. Du hast mich mitten in der Nacht entführt. Mich als Köder für ein Monster angekettet. Meine Schwestern gefangen genommen, um dir meine Zusammenarbeit zu sichern.« Mein Schritt pulsierte zornig und erinnerte mich daran, dass nichts davon zählte. Ich würde Maddox – allen beiden – verzeihen, jede Sünde der Welt, wenn er mich nur einfach aufs Bett würfe und mich nähme. »Und doch berührst du mich nicht, wenn ich dich darum bitte. Warum lässt du mich nicht einfach gehen?«

Er blies den Atem aus und setzte dazu an, davonzustapfen.

»Dir liegt nicht das Geringste an mir«, murmelte ich. Kaum hatte er sich umgedreht, wusste ich, dass ich einen Fehler begangen hatte.

Ohne anzuhalten, marschierte er an mir vorbei, packte

jedoch unterwegs eine Faustvoll meiner Haare und schleifte mich in den hinteren Bereich der Höhle, vorbei an dem sauberen, sandigen Boden, den ich zu einem Zuhause gestaltet hatte, hinein in die feuchten, von Spinnweben verhangenen Tiefen, wo mich Dunkelheit bedrängte. Ich schnappte nach Luft, als irgendetwas über meine Füße krabbelte.

»Hier.« Maddox knurrte und zeigte auf einen großen Felsblock mit einer Verankerung, an der Ragnvald angekettet gewesen war. Die Runen hatten ihn davon abgehalten, das Eisen aufzubiegen und abzustreifen. »Hier habe ich meinen besten Freund festgehalten, einen Bruder, der mir unzählige Male das Leben gerettet hat – sogar täglich, wenn man berücksichtigt, wie er meine Bestie im Zaum gehalten hat. Er hat sich mit dem Fluch abgefunden. Und er hat sich nie beklagt.«

»Du tust mir weh!«, rief ich.

»Du bist verwöhnt«, spie er mir entgegen. »Du hast nie echte Sorgen erlebt ...«

»Ich ...« Zornig krümmte ich mich und krallte nach ihm, bis er mich losließ. »Was würde ich dafür geben, ein Mann mit nur einem Zehntel deiner Stärke zu sein. Ich habe in Angst gelebt, Wolf. Meine Mutter hat einen Mann geheiratet, der sie geschlagen und meine Schwester geschändet hat. Er ist zwar gestorben, bevor er mich anfassen konnte, aber erst, nachdem er meine Schwester irgendwie losgeworden war. Sein Tod hat meine Mutter zum Trinken verleitet. Ich habe die Familie zusammengehalten, habe dafür gesorgt, dass es meine Schwestern warm hatten, dass sie ein Dach über dem Kopf hatten, habe sie mit Essen versorgt und mir dabei ständig die Männer aus dem Dorf vom Leib gehalten. Es ist kein Tag vergangen, an dem ich mich nicht gefragt habe, ob ich weiterhin auf dem schmalen Grat zwischen

Essen und Hunger, zwischen Sicherheit oder Schande wandeln könnte. Aber ich habe überlebt.« Meine Hände ballten sich an den Seiten zu Fäusten. »Ich bin aufgeblüht. Dann hast du mich entführt, und jetzt werde ich nie wieder dieselbe sein.«

Meine Worte hallten hohl in der Höhle wider. Als sie meine Ohren erreichten, schienen sie nicht mehr meine eigenen zu sein.

Ich wollte nach Hause. Aber mein Zuhause gab es nicht mehr. Sogar für meine Schwestern waren das Trugbild der Sicherheit zerschmettert worden. Wie sollte ich sie vor all den Gefahren beschützen können, die in der großen, weiten Welt lauerten?

»Du hast dir vorgenommen, dich nie mit einem Mann zu vereinen, weil du versucht hast, dich zu schützen. Hast du dich je gefragt, wie sehr dir das schadet?«

Ich rieb mir mit der Hand übers Gesicht. »Ich muss weg. Bitte, lass mich nur für diesen Nachmittag gehen.«

»Komm.« Er streckte mir die Hand entgegen. »Ich begleite dich zum Suchen nach Kräutern.«

MADDOX HACKTE HOLZ, während ich mit gesenktem Haupt am Ufer des Baches im Wald Kräuter sammelte. Seite an Seite zu arbeiten, fühlte sich natürlich und harmlos an, doch mein Körper tobte immer noch vor Frustration und von seinen barschen Worten.

Beim Schlafen mit einem Mann aus dem Dorf hatte ich immer Spaß gehabt. Dabei hatte es die üblichen, geflüsterten Versprechungen und leidenschaftlichen Gelübde gegeben, doch jenseits der Hitze des Augenblicks hatten sie nichts bedeutet.

Meine Instinkte verrieten mir, dass mich diese Berserker auf die eine oder andere Weise an sich binden würden, und schlimmer noch, ich würde mich für immer nach ihrem Zauber sehnen.

Allein, wenn ich Maddox beobachtete, wie er die Axt schwang und wie sich die Tätowierungen über seinen mächtigen Schultern dabei bewegten, als er mit einer Wucht auf eine große Eiche eindrosch, die Späne fliegen ließ, wurde mir am ganzen Körper heiß. Wenn ich es wagte, an die vergangene Nacht zu denken, würde ich mich daran erinnern, dass sich mein Körper angefühlt hatte, als hätte ich mein Leben lang auf ihre Berührungen gewartet.

Sie hatten Jahrhunderte auf meine gewartet.

Ich kehrte Maddox den Rücken zu und erntete weiter die Wirkpflanzen, die ich brauchte. Ich war eine Heilerin, nicht mehr, nicht weniger. Ich konnte alles Augenmerk auf meine Aufgabe richten und meinen Platz unter diesen Männern finden, bevor ich mich verirrte.

Nach einigen Minuten wurde mir klar, dass statt den Geräuschen einer Axt, die einen Baum fällte, nur noch Stille herrschte. Nicht die übliche Stille eines Walds – erfüllt von Insektenlauten und Vogelgezwitscher –, sondern wahre Stille. Eine Stille der Art, die sich einstellt, wenn ein Raubtier unterwegs ist und jedes Beutetier den Atem anhält.

Mir sträubten sich die Nackenhaare, als ich ein knurrendes, schnupperndes Geräusch aus den Büschen vernahm. »Maddox?«

Ein Schatten kam zwischen den Bäumen hervor, und ich stolperte rücklings, bevor mir Maddox' Wolfsgestalt einfiel. Dieses Geschöpf war größer als jeder natürliche Wolf und besaß dichtes, schwarzes, braun gesprenkeltes Fell, außerdem konnte man spitze Eckzähne erkennen. Allerdings bleckte die Kreatur die Zähne nicht sofort, und ich schluckte meine Angst hinunter.

»Maddox, bist du das?«

Keine Antwort von dem großen dunklen Wolf. Ich verharrte, während er mich mit schiefgelegtem Kopf ansah. Als er jedoch erneut knurrte, konnte ich nicht verhindern, dass ich unwillkürlich zurückwich. Er war groß genug, um mir fast bis zu den Schultern zu reichen, und anderthalb Mal so lang wie ich. Am verstörendsten fand ich die Augen, die mit einem übernatürlichen Schimmer leuchteten.

Ich ließ meine Kräuter fallen und flüchtete. Einen Herzschlag später schnappte der Wolf nach meinen Beinen. Mir blieb keine Zeit zum Schreien, während ich in vollem Lauf in Richtung der Höhle stürmte und betete, dass sich Maddox' Bestie an mich erinnern würde.

Ich spürte heißen Atem im Genick, als ich um einen Baum schwenkte und mich Maddox gegenübersah, der mir über eine Lichtung entgegenrannte, um mich zu retten.

»Runter!«, rief er. Ich ließ mich fallen und rollte mich ab, dann presste ich mich auf den Boden, als sich das geschlagen klingende Knurren des mich verfolgenden Wolfs mit Maddox' zornigem Gebrüll vermischte. Als ich einen Blick wagte, sah ich nur ein verschwommenes Gewirr aus schwarzem Fell und tätowierten Muskeln. Maddox hatte den Wolf im Würgegriff.

Da schrie ich aus voller Kehle. Maddox mochte ein Krieger sein, doch gegen die mächtigen Fänge dieser großen Bestie würde er nicht bestehen können.

Aber als sich Maddox und der Wolf voneinander lösten, sah der Krieger nicht mehr wie ein Mann aus. Sein Körper war gewachsen, seine Arme wirkten länger. Als er geduckte Haltung einnahm, schienen seine Hände beinah den Boden zu berühren. Seine Finger verwandelten sich in riesige Klauen, seine Eckzähne blitzten im Mund auf.

Mein Schrei erstarb mir in der Kehle.

»Sabine.« Ragnvald tauchte an meiner Seite auf, hob mich hoch und trug mich in die relative Sicherheit der Höhle.

Ich packte ihn am Wams. »Du musst ihm helfen.«

»Er hat den Kampf im Griff«, versicherte mir Ragnvald, obwohl er dabei verkniffen aussah.

Ich wagte einen Blick zurück, doch das Gefecht musste sich in den Wald verlagern haben. Die beiden Widersacher hatten eine Spur beschädigter Bäume zurückgelassen.

»Bist du verletzt?« Er stellte mich ab und betastete mich mit den Händen.

»Ich ...« Mein Kopf schnellte in Richtung einer dunklen Gestalt herum, die sich aus dem Wald näherte. Maddox. Der tätowierte Mann wirkte müde, aber menschlich, auch wenn mir die Eckzähne immer noch unnatürlich lang vorkamen.

Ich rannte zu ihm los, und Ragnvald ließ mich. Maddox fing mich auf und hielt mich fest, wenngleich ein Stück von seinem Körper entfernt. Seine Arme und seine Brust erwiesen sich als unversehrt, die Hose jedoch war zerfetzt.

»Was war das? Geht es dir gut?« Ich fing an, nach Wunden zu suchen. Maddox ergriff behutsam meine Hand-gelenke.

Nach einem Herzschlag brachte er mit einem kehligen Knurren hervor: »Mir fehlt nichts.«

»Du ... du bist einfach auf ihn losgegangen, hast nicht mal angehalten, um zu überlegen.« Ich schluckte schwer, eine Geste zwischen einem Schluckauf und einem trockenen Schluchzen. Ich bekam nicht genug Luft.

Maddox ließ meine Hände sinken und zog mich in seine Arme.

»Entspann dich jetzt.« Seine Worte brummten unter meinem Ohr, als er sich meinen Kopf an die Brust drückte. »Du bist in Sicherheit. Es ist nichts passiert.«

»Atme, Sabine«, forderte mich Ragnvald auf. Ich konzentrierte mich darauf, mir Luft in die Lunge zu saugen.

»Was ist passiert?« Maddox sprach über meinem Kopf mit seinem Alpha.

»Einer des Rudels. Er muss mir gefolgt sein und sie gerochen haben. Es ist meine Schuld ...«

»Nein, ist es nicht.« Ich löste mich von Maddox, so weit es seine Arme zuließen. »Ich habe mich zu weit entfernt, das war dumm ...«

»Ruhig«, fiel mir Ragnvald ins Wort, jedoch nicht unfreundlich. »Du bist hier, weil wir es wollen, und wir haben uns verpflichtet, für deinen Schutz zu sorgen. Wir sind Berserker. Es gibt keinen Platz auf der Welt, an dem du dich fürchten sollen müsstest. Am wenigsten in unserem Hoheitsgebiet.« Er seufzte, und seine königlich-erhabene Miene fiel in sich zusammen. »Ungeachtet dessen muss ich dich ersuchen, in der Nähe von einem von uns zu bleiben, bis ich wieder stärker bin. Sobald ich meine volle Kraft zurückerlangt habe, werde ich in der Lage sein, den Schwächeren bei ihrer Kontrolle zu helfen. Die Schuld liegt bei mir – bei mir allein.« Er legte den Kopf schief und wartete darauf, dass ich nickte und seine Entschuldigung annahm.

Während Ragnvald davoneilte, um sich des Eindringlings anzunehmen, blieb Maddox. Er schien es nicht ertragen zu können, mich zu verlassen.

Ich fuchtelte mit den Händen im geringen Abstand zwischen uns. »Es geht mir gut. Ich bin bloß erschrocken, das ist alles.«

»Sieh mich an, kleine Hexe.« Ein Lächeln lockerte seine Züge auf. Die Veränderung ließ mir den Atem stocken. Ich empfand sein Gesicht nicht mehr nur als gutaussehend, sondern als regelrecht atemberaubend. »Du warst anscheinend sehr besorgt um mich.«

»Natürlich.« Ich lehnte den Kopf an ihn. »Wenn du stirbst, wen soll ich dann hassen?«

Ein Kichern vibrierte unter meiner Wange. Ich schloss die Augen und fand Frieden in dem beruhigenden Laut. Maddox hielt mich einfach fest, und ich ließ mir von ihm das Haar aus dem Gesicht streichen.

Die Erinnerung an seine Berührungen verharrte, als ich mich schließlich von ihm löste.

»Es gibt kein Mitglied des Rudels, das mich besiegen kann. Sogar Ragnvald und ich sind uns ebenbürtig. Du musst dich nicht fürchten.«

Ich verdrehte die Augen. »Ich fürchte mich nicht.« Als ich mich von ihm abzustoßen versuchte, schloss er die Arme um mich.

»Hast du einen Kuss für deinen Recken?«

»Lass mich los, Maddox. Sonst sage ich Ragnvald, dass ich sehen will, wer von euch beiden der bessere Kämpfer ist. Dann lehne ich mich zurück und hoffe, dass er dir die Zunge herausreißt.«

»Was für süße Worte, Sabine. Wäre dein Hass auf mich wirklich so groß, würdest du ihn eher bitten, mir die Kehle herauszureißen.«

»Red nur weiter, dann mache ich das.«

RAGNVALD KEHRTE WENIG SPÄTER zurück und tat so, als würde er Maddox nicht bemerken, während er mich angrinste wie ein Narr.

»Es war Gunnr«, berichtete der Alpha. »Ich habe seine Kriegerbrüder gerufen und sie ersucht, auf ihn aufzupassen.«

»Geht es ihm gut?«, fragte ich.

Ragnvald wirkte überrascht darüber, dass ich mich nach dem Wohlbefinden meines Angreifers erkundigte.

Ich zuckte mit den Schultern. »Er gehört zum Rudel. Wenn einer von euch verletzt ist, spüren es die anderen, oder?« Ich hatte keine Ahnung, woher ich das wusste, aber Ragnvalds langsames Blinzeln verriet mir, dass ich richtig lag – und dass ich ein Geheimnis laut ausgesprochen hatte, das ich nicht kennen sollte.

Schließlich neigte Ragnvald das Haupt. »Berserker heilen schnell. Maddox hat nur genug Schaden verursacht, um ihn zu vertreiben.«

Maddox nahm das Lob wohlwollend entgegen. »Es war nicht nötig, ihn zu töten. Gunnr hat Sabine gewittert und konnte der Versuchung nicht widerstehen. Das Gefühl kenne ich.«

»Genau wie ich. Trotzdem geht das nicht an«, erklärte Ragnvald in härterem Ton. »Seine Kriegerbrüder werden dafür sorgen, dass er in Wolfsgestalt bleibt. Außerdem werden sie ihn zur Strafe einige Tage vom Rudel fernhalten – und als Warnung für die anderen. Er wird lernen, sich besser zu beherrschen, sonst verstoßen wir ihn das nächste Mal aus dem Rudel.«

Ich schluckte. »Maddox hat mir erzählt, das wäre ein sicherer Tod.«

»Ein einsamer Wolf ist ein toter Wolf«, bestätigte Ragnvald. »Aber es wäre nur gerecht dafür, dass er angegriffen hat, was mir gehört. Da das Rudel meiner Herrschaft untersteht, hat sich jeder, der dich bedroht oder Anspruch auf etwas erheben will, das ihm nicht gehört, mir gegenüber zu verantworten.«

»Und mir«, fügte Maddox knurrend hinzu.

»Ehre wird in das Rudel zurückkehren. Die Krieger werden sich unter Androhung der Verbannung fügen«, sagte Ragnvald. »Bis es so weit ist, werden wir aufmerksam über dich wachen, kleine Hexe.«

»Ich bin zuerst nicht weggerannt«, schilderte ich, ohne auf die eindringlichen Blicke zu achten, mit denen mich beide anstarrten. »Ich dachte, es wäre Maddox.«

»Mein Wolf ist dunkler. Wahres Schwarz.«

»Es ist nicht deine Schuld, Sabine. Ich lege die Regeln fest. Je stärker ich bin, desto besser kann ich sie durchsetzen. Als Alpha sollte ich die beste Kontrolle haben, und sie sollte sich auf die schwächeren Mitglieder erstrecken.«

»Wenn das nur ein Mitglied des Rudels war, was ist dann mit den anderen?« Mir kam ein grauenhafter Gedanke. »Meine Schwestern sind bei diesen Männern.«

»Deine Schwestern sind in Sicherheit«, beruhigte mich Ragnvald. »Wir halten sie nicht in der Nähe des Rudels fest. Nur die stärksten Mitglieder bewachen sie.«

»Außerdem durchleben deine Schwestern nicht die Zyklen des Monds, wie du es tust. Wenn dich die Brunst überkommt, ist dein Geruch wie ein Sirenenruf«, erklärte Maddox.

Ich errötete.

Ragnvald räusperte sich. »Muriel und Fleur schweben nicht in Gefahr. Darauf gebe ich dir mein Wort. Dabei fällt mir ein ...« Ragnvald fasste in seinen Beutel und reichte mir einen Blumenkranz aus geflochtenen Strängen, einer mit blauen Blüten, der andere mit weißen. Meine Schwestern fertigten sie oft für den Markt an. Muriel pflückte die Blumen, Fleur übernahm mit ihren geschickten Fingern das Flechten.

»Danke«, brachte ich erstickt hervor. Ich hob mir den Kranz an den Mund und wandte mich ab. Die Zwillinge fehlten mir so sehr, dass mich ein Schwächegefühl überkam. Ich verspürte Erleichterung darüber, dass sich meine Schwestern in Sicherheit befanden, und Erstaunen, dass uns das Schicksal in eine solche Lage gebracht hatte, aber keinen Groll auf meine Häscher. Als ich an die Hitze zurückdachte, die ich dicht hinter mir gefühlt hatte, während ich von dem Berserker-Wolf verfolgt wurde, suchte ich in mir nach dem Hass, doch ich fand keinen. Nicht mehr.

Der Gedanke ließ mich taumeln, und nachdem ich den Kranz zu meinen Habseligkeiten gelegt hatte, bedeckte ich die brennenden Augen.

»Sabine?«

Meine Schultern sackten herab, obwohl zärtliche Hände mein Haar berührten.

»Du musst dich nie vor uns verstecken, Sabine.«

Ich schnappte vor Schmerz nach Luft, als sich der Knoten in meiner Brust löste. Meine Tränen setzten ungebeten ein, als wollten sie all die Angst wegwaschen, die ich mit mir herumgetragen hatte. Starke Arme hoben mich hoch und trugen mich zum Bett, wo mich Ragnvald festhielt und wiegte. Maddox streichelte meinen Arm, während ich weinte.

»Du bist so stark. Aber im Augenblick musst du das nicht sein. Lass dich eine Weile von uns tragen.«

Ich hielt mir den Mund zu, damit nicht herausprudeln würde, was ich empfand, dann befreite ich mich aus dem Griff der Männer und setzte mich im Bett auf. Sie verharrten, streichelten meinen Rücken und mein Haar.

»Du kümmerst dich um uns«, fuhr Ragnvald fort.
»Dürfen wir uns um dich kümmern? Vertraust du uns dafür
genug?«

»Das kann ich nicht. Ich habe gelobt, mich nie einem
Mann hinzugeben.« Mit hartem Blick starrte ich zu Boden.
»Ich will euch mehr, als ich es für möglich gehalten hätte.
Und ich wünschte, es wäre nicht so.« Meine Hände fuch-
telten hilflos durch die Luft. »Es zerreißt mich. Dafür hasse
ich mich.« Abgehackt atmete ich ein, kämpfte um innere
Ruhe. »Ich wünschte, ich wäre aus Stein.«

»Dann wärst du nicht, wer du bist«, murmelte Ragnvald.
»Du wärst nicht in der Lage, uns zu heilen.«

Ich biss mir auf die Unterlippe. Liebe war eine Schwäche. Wenn ich ihr nachgäbe, würde ich für immer an die
beiden gebunden sein. Es würde keine Sabine mehr ohne
Maddox oder Ragnvald geben. Das Wagnis konnte ich nicht
eingehen.

Maddox kniete sich vor mir hin. »Weißt du, wie die
Berserker entstanden sind?«

Ich blinzelte angesichts des unverhofften Themenwech-
sels. »Die Hexe hat sie für den König in Krieger verwandelt.«

»So war es für die meisten Mitglieder des Rudels, aber
nicht für alle. Nicht für mich.« Maddox hielt meine Hände
und legte sie in meinen Schoß, als er mir die Geschichte
erzählte. »In meinem früheren Land Ériu war ich ein Prinz,
der König werden sollte. Aber ich war stolz. Ich dachte, meine
Macht beruhte darauf, dass ich mit strenger Hand herrschte.

Eines Winterabends kam eine alte Frau mit einer Bitte
an meine Tür, doch statt ihr Gnade zu erweisen, schickte ich
sie weg. Drei Abende lang kam sie und bat um Hilfe.
Dreimal lehnte ich ihr Gesuch ab, weil ich dachte, es würde

mich schwach aussehen lassen, den Wünschen meiner Leibeigenen nachzugeben. Am dritten Abend gab sie ihre Tarnung auf und offenbarte sich als Hexerin. Weil ich ihr keine Gnade gewährt hatte, gewährte auch sie mir keine. Sie verfluchte mich mit der unreinen Magie, die mich zu einer geifernden Bestie werden ließ. Ich wurde ein Ausgestoßener meines eigenen Volks. Könnte ich mit meinem jüngeren, stolzen Ich sprechen, würde ich ihm sagen: ›Freundlichkeit und Gnade sind keine Schwächen.‹«

»Ich kann euch Freundlichkeit und Gnade geben, aber …« Ein tiefes Schluchzen drohte, mich zu ersticken.

»Das ist nach allem, was wir getan haben, mehr als wir verdienen«, murmelte Maddox. Er hob ein Tuch an und tupfte meine Tränen ab. »Vielleicht genügt das ja.«

Ich nahm sein Gesicht in die Hände. Meine Finger strichen über die Narben und die blauen Wirbel, die von den Jahrzehnten seines Daseins zeugten. Der Mann hatte schon einmal alles verloren. Und hätte er mich nicht entführt, hätte es sich wiederholt. In seinem Gesichtsausdruck entdeckte ich keine Arglist, nur Bewunderung, Zärtlichkeit und noch etwas anderes.

»Es tut mir leid, dass die Hexe dich verflucht hat.«

»Mir nicht. Das hat mich zu dir geführt.« Er drehte den Kopf und küsste meine Handfläche. »Und du bist jeden Schmerz wert.«

Ich lächelte, und seine Zunge wurde verspielt, knabberte an meinem Finger.

Ragnvald wischte mir das Haar vom Hals und schmiegte sich mit dem Gesicht an jene Schulter, die Maddox nicht gezeichnet hatte. Ich wimmerte, als ihre Berührungen meine Verlangen erweckten, eine Flut von Erregung, die über mich hinwegfegte.

Bevor ich jede Vernunft verlieren konnte, ergriff ich das Wort.

»Wie kannst du so etwas sagen? Es wäre doch sicher besser gewesen, mich nie kennenzulernen, als Jahrzehnte voll Mühsal und Schmerz zu ertragen.«

»Schon möglich«, erwiderte Maddox. »Aber so sollte es wohl nicht sein.« Er senkte die Hände zu meinen Fußgelenken, ließ sie die Beine hinaufwandern und schob mein Gewand hoch. »Ich habe mich mit meinem Schicksal abgefunden, kleine Hexe. Es ist an der Zeit, dass du dasselbe tust.«

»Genug geredet«, ergriff Ragnvald das Wort, jedoch nicht an mich gewandt. »Wir müssen Anspruch auf sie erheben. Es ist an der Zeit.«

Maddox kletterte ins Bett, und ich schob mich von Ragnvalds Schoß, um mich zwischen die beiden Männer zu setzen.

»Anspruch auf mich erheben?« Ich drehte den Kopf, sah erst den einen, dann den anderen an.

»Dadurch stehst du unter unserem Schutz. Du wirst in Sicherheit sein, falls du noch einmal einem Mitglied des Rudels begegnest.«

»Aber was ...«

»Schhh.« Maddox legte einen Finger an meine Lippen. »Du willst das. Ich habe beobachtet, wie du den Zuwendungen der Männer im Dorf ausgewichen bist. Du warst ihrer überdrüssig und hast keinen mit ins Bett genommen. Sollen wir dich zurück nach Hause bringen, auf dass deine Brunst dort befriedigt wird? Und lüg nicht«, fügte er in warnendem Ton hinzu.

»Nein. Ich will sie nicht.«

»Dann bleibst du«, entschied Ragnvald. »Denn wir werden dir nicht erlauben, uns zu verlassen.« Damit ergriff er ein Handgelenk, Maddox das andere. Ihre rauen Hände und muskelbepackten Arme fesselten mich so wirkungsvoll wie Eisenbänder.

Mein Blut vibrierte, und der Geruch meiner Erregung wurde erstickend durchdringend. Sie hatten mir die Wahl genommen, und ich fühlte mich befreit.

»Also, Bruder: Wer von uns soll zuerst Anspruch auf sie erheben?«, fragte Ragnvald.

»Ich fange an. Immerhin bin ich derjenige, der sie gefunden und Mond um Mond im Dorf über sie gewacht hat.« Maddox zog an mir, drehte mich zu sich und legte eine Hand auf meine Wange. »Und was für eine schöne Jagd es war.« Er küsste mich, und ich erwiderte den Kuss gierig, lüstern. Als er sich zurückzog, wirkte er betrübt. »Heute im Wald hätte ich dich verlieren können.«

»Nein«, flüsterte ich. »Du warst da. Ich habe gewusst, dass du mich beschützen würdest.«

Er stöhnte. »Sabine. Ich verdiene das Vertrauen in deinen Augen nicht.«

Ansatzlos drückte ich den tätowierten Krieger auf den Rücken, richtete mich über ihm auf und tat, was ich schon wollte, seit ich seine nackte Gestalt zum ersten Mal in der Wildnis gesehen hatte. Ich setzte den Mund an Maddox' Brust an und fuhr mit der Zunge die Linien und Wirbel seiner Tätowierungen nach. Seine Muskeln tanzten unter meinem Mund, seine Atmung wurde rau. Ich leckte schnippend über einen Nippel.

Maddox stockte der Atem. »Du bist noch mein Tod.«

»Eine gute Art zu sterben«, merkte Ragnvald an. Er hatte seinen Prügel herausgeholt und streichelte ihn bedächtig, während er uns beobachtete.

Während ich Maddox' Brust küsste, entdeckte ich den Streifen dunkler Behaarung, der zwischen die Vertiefungen seiner Hüften führte. Er verharrte regungslos, als wären die Erhebungen und Ebenen seiner Bauchmuskeln tatsächlich aus Stein gemeißelt, doch als sich meine Zunge tiefer wagte, spannte er den Körper an, als litte er Schmerzen.

Ich hielt inne und schaute auf.

Seine rauen Hände ergriffen meinen Kopf. »Hör nicht auf. Hör niemals auf.«

Ich drehte das Gesicht und küsste seine Handfläche.

Er besaß große, narbige Hände, unter der rauen Behaarung mit blauen Wirbeln tätowiert. Sie konnten Felsblöcke heben, Eisenbänder verbiegen und Menschen töten. Im Augenblick jedoch ruhten sie auf meinen Schläfen und schoben sich in mein Haar, zogen mich auf ihn zurück und hielten mich fest, auf dass er mich küssen konnte.

Er eroberte meine Lippen, als wollte er ein Jahrhundert voll Schmerz in mich hauchen, und ich öffnete einladend den Mund, ließ es zu. Als der Kuss endete, beließ er eine Faust in meinem Haar und drückte unsere Stirnen aneinander.

»Ich habe so lange darauf gewartet, dich zu berühren.« Die Worte drangen heiser aus ihm heraus, als wären sie tief in ihm verwahrt gewesen, so tief, dass sie normalerweise nie das Licht der Welt erblickt hätten. »Als ich dich zum ersten Mal gesehen habe, dachte ich, du könntest nicht echt sein.« Er strich einige Strähnen beiseite, die sich aus meinem Zopf gelöst hatten. »Haar wie Honig, Haut wie Milch. Du warst an deinem Stand auf dem Markt, umgeben von Kränzen aus Kräutern und Blumen. Ich wollte dich kaufen und in den Händen halten.«

Ich verharrte über ihm, als seine Hand über meinen nackten Körper nach unten wanderte, zwischen meinen Brüsten hindurch und über meinen Bauch, bevor sie sich zwischen meine Beine legte. Zwei seiner Finger drangen in mich ein. Seine Berührung breitete sich in Wellen durch meinen Körper aus, und in jenem Moment gehörte ich ihm. Er verkörperte einen Gott, ich seine Priesterin, ein williges Opfer, bereit, mich auf den Scheiterhaufen zu werfen. Seine Finger bewegten sich in mir, und plötzlich war ich keine Frau mehr, sondern eine Flamme, die zu seinem Verlangen tanzte.

Grinsend setzte Maddox die Bewegungen seiner Finger fort, bis mich Ekstase flutete. Ein Kribbeln brach in meinem Innersten aus, ein Jucken, das sich nur durch einen harten Schaft in mir besänftigen ließe.

Im einen Moment leckte sich Maddox die Finger sauber, im nächsten lag ich atemlos flach auf dem Rücken, die Arme zu beiden Seiten meines Kopfs fixiert.

»Maddox.« Meine Hüften setzten sich in Bewegung. »Ich will ...«

»Nein, Sabine«, fiel mir Ragnvald ins Wort. »Du stellst keine Forderungen. Du gehörst uns und tust, was wir wollen.«

Ich wimmerte.

»Entspann dich. Sei einfach du.« Mit angespannten Muskeln senkte sich Maddox auf mich, bis seine pralle Härte meine Pforte streifte. Ich wollte mich ihm entgegenstemmen, ihn in meinem Leib aufnehmen, aber er hielt mich niedergedrückt, während er über mir verharrte. Langsam, die Augen fest auf meine geheftet, setzte er die Hüften in Bewegung, streichelte meine Scham mit seiner eisenharten Männlichkeit.

Schließlich gab ich die Gegenwehr auf und entspannte mich unter dem kampferprobten Krieger. Ich breitete die von ihm gefangenen Hände unterwürfig aus. »Bitte.«

Er küsste mich leidenschaftlich. Und als seine Zunge in meinen Mund drang, stieß seine Härte in mich. Ich nahm ihn tief in meinen Körper auf, wurde vollkommen von ihm beansprucht.

Er rollte sich so herum, dass ich auf ihm ritt und er sich noch tiefer in mir versenken konnte. Ich wippte auf ihm, verwandelte mich in ein lüsternes, wildes Tier.

Er zog sich aus mir zurück, und ich wimmerte, als er mich an den Hüften festhielt und sich weigerte, mich wieder auf seine Härte sinken zu lassen.

»Kümmere dich zuerst um meinen Kriegerbruder.«

Mein Kopf neigte sich nach hinten, als Ragnvald an meinem Haar zog und mich auf allen vieren vor Maddox manövrierte. Meine Scham zog sich krampfhaft zusammen und heulte stumm voll Verlangen auf. Mein Körper hingegen blieb geschmeidig und gefügig für den Alpha, während er mich dorthin bewegte, wo er mich haben wollte. Der straffe Schmerz an meiner Kopfhaut brachte meine Säfte zum Fließen, da mein Körper seine Herren erkannte.

Ragnvald drückte mich mit einer Hand auf meinem Nacken nach unten und pfählte mich von hinten, rammte sich gegen meine Schenkel, während ich die Hände in die Felle unter mir krallte. Maddox lächelte, während er beobachtete, wie Ragnvald mich nahm. Indes streichelte er seinen nach wie vor steinharten Schaft. Der Anblick jagte pulsierende Lustwellen durch mich.

Ragnvald packte mein Haar und zog mich vom Bett auf die Knie. Seine Zähne senkten sich auf mein Schulter und bissen zu.

Ich schrie auf. Schmerz entfachte ein Lauffeuer der Ekstase und jagte einen tosenden Orgasmus durch mich. Der Alpha brüllte, als ihn meine zuckende Liebesöffnung molk. So hart er mich genommen hatte, als so zärtlich erwiesen sich seine Hände, als er mich zurück aufs Bett senkte.

Blinzelnd sah ich zu Maddox hoch. Ich war zwischen seinen Beinen zum Liegen gekommen, meine Wange befand sich beinah an seinem Oberschenkel. Seine Härte ragte empor wie ein Fahnenmast. Sobald sich mein Körper nicht mehr wie Wackelpudding anfühlte, kroch ich hinüber und stülpte den Mund darüber. Ich saugte daran, dass sich meine Wangen nach innen wölbten. Ein Stöhnen baute sich in mir auf. Schließlich brachte ich ihn zum Kommen, wobei er laut aufschrie, bevor er sich befriedigt zurücklehnte. Samen tropfte von meinen Mund und ergoss sich aus meiner Scham.

Während ich die zwei Männer anstarrte, leckte ich mir langsam die Lippen.

»Noch mal?«

7

Der Mond leuchtete auf uns herab und erhellte die Welt bis zum Morgen. Wir erwachten und erklommen auf den Fellen zusammen den Gipfel der Lust, wieder und wieder. Die beiden Krieger befriedigten meine Lust und brachen den Bann, den die Göttin über mich ausgeschüttet hatte. Mein Leib bewegte sich zwischen ihren Körpern, der eine gezeichnet, der andere rein, beide von einer eigenen Macht der Göttin erfüllt. Das Verlangen brandete wie Flutwellen durch mich, schwappte gegen mein Innerstes, riss meine Mauern und Zinnen ein und schwemmte sie weg. Ein tosender Orgasmus überwältigte mich und ließ mich den Rücken durchwölben, aber meine Liebhaber hielten mich fest, schützten meinen Körper, während meine Gedanken aufstiegen und wie eine Sternschnuppe über den Himmel rasten.

Als ich zur Erde zurückkehrte, umarmten und wiegten sie mich.

∾

Als ich mitten am Vormittag erwachte, gab mir Ragnvald einen flüchtigen Kuss und ging, um sich mit dem Rudel zu treffen. Maddox blieb bei mir und pfiff vor sich hin, während er Holz in der Nähe unseres Feuers stapelte. Ich wartete, bis er mir den Rücken zudrehte, dann kauerte ich mich mit einem nassen Tuch hin, um meine Schenkel und die empfindsamen Falten zwischen meinen Beinen zu waschen. Zufrieden entdeckte ich einige blaue Flecke, außerdem erwies sich meine Scham als wund und geschwollen. Das kühle Wasser fühlte sich gut an.

Ein Schatten fiel über mich. Hastig richtete ich mich auf und warf das Tuch weg. »Was soll das, Sabine? Immer noch schamhaft in Gegenwart deiner Geliebten?«

»Ich bin nicht deine Geliebte, Wolf.« Ich strich mein Gewand glatt. Seine verdutzte Pause brachte mich beinah zum Lachen.

»Und was war letzte Nacht?«

»Das war bloß Lust«, erwiderte ich überheblich.

Sein Erstaunen legte sich. Zurück blieb ein verruchtes Grinsen. Ich wich zurück, als er auf mich zutrat.

»War es auch bloße Lust, wie du dich an mich geworfen hast, als ich das Bett verlassen wollte? Bloß Lust, als du meinen Namen geschrien und mir das Versprechen abgerungen hast, für immer in dir zu bleiben? Du hast mich gezeichnet.« Er drehte sich um und zeigte mir unverheilte Kratzer auf seinem Rücken.

»Das tut mir leid ...«

»Mir nicht.« Er blieb stehen. »Bedauerst du, was wir getan haben, Sabine?«

»Nein, nein«, erwiderte ich ungeduldig. »Ich habe es genossen. Ich habe es zugelassen.«

Mit gerunzelter Stirn rückte Maddox näher. »Das war nicht meine Frage.«

Ich griff mir ein Fell und umklammerte es vor mir. »Solange die Sonne am Himmel steht, will ich die Felle lüften.«

Maddox packte das Fell, bevor ich davoneilen konnte. »Sabine. Sag mir, was dich bedrückt.«

»Gar nichts bedrückt mich. Du machst aus der vergangenen Nacht bloß mehr, als sie war.« Ich beschwor meine Verärgerung herauf. »Jetzt lass mich zufrieden.«

Er ließ mich tatsächlich los, aber ein barscher Befehl brachte mich zum Erstarren. »Denk an die Regeln, Sabine. Keine Lügen.«

»Ich lüge nicht. Letzte Nacht wollte ich euch, ihr wolltet mich, und wir haben es zusammen genossen.«

»Und?«

»Und ... nichts. Was gibt es dazu noch zu sagen? Ihr habt meinen Körper genommen.« Ich errötete. »Viele Male. Dafür bin ich dankbar. Nach dem Vollmond legt sich die Brunst, aber wenn ich enthaltsam bleibe, verschwindet das Verlangen nie völlig.«

»Und jetzt? Ist das Verlangen gestillt?«

Ich schwieg einige Herzschläge lang. Die Mondlust war tatsächlich verschwunden. Stattdessen jedoch pulsierte in mir eine wärmere, weichere Empfindung. »Der Brunstzyklus hat geendet. Ich bin versorgt.«

Seine Stimme sank zu einem tiefen Grollen, das ich zwischen den Hüften spürte. »Erinnerst du dich an den Beginn? Wir haben gelobt, dass wir Anspruch auf dich erheben würden.«

»Ich erinnere mich. Wie ich schon sagte, ihr habt euch nichts genommen, was ich nicht bereitwillig gegeben habe.«

»So funktioniert es nicht, wenn Anspruch erhoben wird.«

»Wie funktioniert es dann, Wolf?«

Ein breites Grinsen. »Ich würde es dir ja sagen. Aber es wäre unterhaltsamer, es dir zu zeigen.«

Ich warf die Hände in die Luft. »Also gut.«

Schmunzelnd fuhr Maddox fort. »Ich werde Ragnvald bei seiner Rückkehr sagen, dass du nicht glaubst, dass du uns gehörst.«

»Ich gehöre euch auch nicht.«

Sein Grinsen wurde nur noch breiter. »Oh ja«, meinte er. »Das wird unterhaltsam.«

ABER ALS RAGNVALD ZURÜCKKEHRTE, unterhielten sich die beiden Krieger nur über das Wohlergehen des Rudels. Ich lauschte aufmerksam.

»Gunnrs Kriegerbrüder haben ihn auf eine lange Erkundungsmission mitgenommen. Sie beobachten die Grenze. Die Bestie wird ihre Frustration mit Freuden an etwaigen unerwünschten Eindringlingen auslassen, und falls sie hervorbricht, wird sie weit von jeglicher Versuchung entfernt sein.«

»Was ist ein Kriegerbruder?«, fragte ich.

»Krieger im Rudel, die eine engere Verbindung miteinander teilen. Wie du richtig erahnt hast, sind wir alle miteinander verbunden, aber einige enger als andere. Als Alpha kann ich alle im Rudel fühlen und Stärke von vielen beziehen, um wenigen zu helfen.«

»Wie entsteht eine Bruderbindung?«

»Die Rudelmagie macht, was sie will.« Ragnvald zuckte mit den Schultern.

»Ich weiß, wie unsere entstanden ist«, warf Maddox ein. »Ich habe Ragnvald das Leben gerettet und er mir. Danach ist die Bindung zwischen uns stärker geworden.«

»Hat die Bestie sie geschwächt?«

»Nur, weil ich es zugelassen habe«, sagte Ragnvald. »Ich wollte Maddox nicht mit mir in den Abgrund reißen, wenn ich unwiederbringlich in den Wahnsinn geglitten wäre. Deshalb habe ich sie von der Bestie schwächen lassen.«

»Ich wünschte, das hättest du nicht getan«, merkte Maddox leise an. »Es hätte dir vielleicht länger geholfen, wenn unsere Verbindung stark geblieben wäre.« Stille breitete sich zwischen ihnen aus, eine Stille, die vor unausgesprochenem Schmerz strotzte.

»Kann man sie reparieren?«, fragte ich mit forscher Stimme.

»Kann man«, antwortete Maddox in fröhlicherem Ton. »Wurde sie bereits. Die Bindung erlaubt es zwei dominanten Wölfen, zusammenzuarbeiten, statt sich gegenseitig zu bekämpfen. So können wir das Rudel als Gleichgestellte anführen und uns eine Frau teilen.«

»Nicht nur teilen. Uns mit ihr paaren«, ergänzte Ragnvald. Bevor er etwas hinzufügen konnte, riss ich das Wort an mich.

»Sieht nach Regen aus. Könnt ihr mich zum Bach begleiten, bevor er einsetzt? Ich möchte gern mehr Waschkraut sammeln, ehe es zu kalt wird.«

Belustigt willigte der Alpha ein. Auf Maddox' Schmunzeln achtete ich nicht.

AN JENEM NACHMITTAG ließ uns der heftige Regen in der Höhle bleiben. Ich beschäftigte mich mit meinen Kräutern, während Maddox eine Klinge schärfte und Ragnvald ins Feuer starrte. Die Eindringlichkeit seines Blicks verriet mir, dass er sich tief in seinen Kopf zurückgezogen hatte.

Vermutlich brachte er die Rudelbindung in Ordnung, obwohl er aussah, als täte er gar nichts.

Die Erinnerung an unser Liebesspiel ließ mich nicht los. Die Männer hatten ihre eigenen Wege, es mich nicht vergessen zu lassen – ein Streifen einer Hand, ein zartes Ziehen an meinem Haar, wenn ich an ihnen vorbei zum Feuer ging. Unzählige winzige Berührungen, die meinen Körper in Schwingung versetzten. Sie fesselten mich schon wieder, diesmal ohne Kette. Sie hatten stattdessen meine Gedanken an sich gebunden, und selbst, wenn sie mich gehen ließen, würde ich nie wieder dieselbe Frau sein.

Ich begann, am Eingang der Höhle auf und ab zu laufen und durch den Regen in den Wald zu starren.

»Rastlos, Sabine?«, rief Maddox zu mir herüber. »Wir können eine Beschäftigung für dich finden.« Als ich mit in die Hüften gestemmten Händen herumwirbelte, fügte er hinzu: »Es sei denn, die vergangene Nacht hat alle Lust aus deinem herrlichen Körper gewrungen. Nein.« Er hob einen Finger. »Lüg nicht. Das können wir von hier aus riechen.«

»Na schön. Ich will euch. Alle beide.« Ich reckte das Kinn hoch. »Das muss aber nichts bedeuten.«

»Eines Tages werden wir dich dafür bestrafen, dass du lügst – nicht uns gegenüber, sondern dir selbst gegenüber. Bis dahin leidest du genug, indem du dir verweigerst, was du willst.«

»Und was will ich?« Kaum hatte ich es ausgesprochen, wurde mir klar, wie gefährlich die Frage war.

Maddox unterbrach seine Arbeit und kam zu mir. »Alles. Du willst alles.«

»Und wir geloben dir das.« Ragnvald hatte immer noch denselben Ausdruck höchster Konzentration im Gesicht, richtete ihn allerdings nicht mehr auf das Feuer. »Alles, was wir zu geben haben, gehört dir.«

Ich sah mich demonstrativ in der Höhle um. »So sehr
ich … eure Gesellschaft zu schätzen weiß, sobald ihr geheilt
seid, möchte ich zurück ins Dorf.«

»Und was erwartet dich dort?«, fragte Maddox. »Ein
Leben der Plackerei? Eine Ehe mit einem Grobian, dem du
fünfzehn schreiende Kinder in der Hoffnung gebierst, dass
eine Handvoll überlebt?«

Ich presste die Lippen aufeinander.

»Sabine. Du kannst mehr sein. *Wir* können mehr sein.«

Ich schüttelte den Kopf. »Ich kann nicht … bitte.«

»Maddox.« Ragnvald klang müde. »Lass sie in Ruhe.«

»Na schön. Ich lasse es … vorerst. Wir können uns inter-
essanteren Dingen zuwenden.« Sein Lächeln wurde
verspielt. »Zum einen ist da die Angelegenheit deiner
Bestrafung.«

»Bestrafung? Die über dieses Exil hinausgeht?« Ich
schwenkte die Hand umher, obwohl die Höhle mittlerweile
ein recht wohnlicher Ort geworden war. »Was wollt ihr mir
denn noch antun? Mich draußen im Regen anketten?«

»Natürlich nicht.« Maddox schnaubte. »Wer würde uns
denn dann nachts die Prügel wärmen?«

Ich warf ihm ein Fell an den Kopf, und er fing es auf.

»Mit Sicherheit nicht ich.«

Er tippte sich an die Nase. »Schon wieder eine Lüge.
Allein die Erwähnung einer Bestrafung reicht aus, um dich
zu erregen. Ich frage mich, woran das liegt?«

Ich verschränkte die Arme vor der Brust und beschloss,
mitzuspielen. Verlangen pulsierte durch mein Innerstes –
nicht die vom Mond verursachte Brunst, sondern ein anderes, erdverbundenes Gefühl, als hätte die vergangene Nacht
die Tür zu Begierden aufgestoßen und mir einen Vorge-
schmack darauf geliefert, was ich haben könnte. Ein Regen-
tropfen, und nun wollte ich einen See.

»Na schön. Ich bin neugierig. Wofür wollt ihr mich züchtigen?«

»Zuvor hast du verleugnet, dass du uns gehörst. Aber du gehörst uns, Sabine, und es ist an der Zeit, dass du lernst, was das bedeutet.«

Er trat zurück und nickte Ragnvald zu. Ihre Stimmung wirkte unbeschwert, geradezu heiter, als vergnügten sie sich mit einem eingeübten Spiel. Allerdings lächelte keiner der beiden.

»Du unterstehst unserer Obhut. Wenn du dich danebenbenimmst, hat das Folgen.«

»Folgen?«

»Das Rudel verlässt sich auf ein ausgewogenes Kräfteverhältnis«, erklärte Ragnvald. »Wer jemanden herausfordert, der stärker ist, wird auf seinen Platz verwiesen. Aber Frauen sind selten. Sie sind meist schwächer und müssen geschätzt werden. Menschliche Gefährtinnen sind am schwächsten. Deshalb bestrafen Werwölfe ihre Gefährtinnen anders.«

»Also wollt ihr mich schlagen?«

»Nicht ganz.«

»Was dann?«

Maddox sprang mich an. Plötzlich fand ich mich mit dem Gesicht nach unten auf seinem Schoß wieder, meine Gunna zur Taille hochgeschoben. Ich trat wild aus. »Was hast du vor?«

»Dir zeigen, wie du bestraft wirst.« Er strich mit einer Hand über meinen Hintern und knetete nacheinander jede Backe.

»Aufhören!«

Meine Gegenwehr bewirkte nur, dass er ein Bein über meine Oberschenkel hakte und meine Hände an meinem Kreuz fixierte. Meine Füße zappelten hilflos, als er meinen

Hintern zuerst liebkoste und dann hart die Hand darauf niedersausen ließ.

Meine Empörung hallte laut durch die Höhle. Je mehr ich mich krümmte, desto fester hielt mich Maddox.

»Das war Nummer eins«, sagte er und schlug erneut zu, härter. Diesmal brannte es.

»Das reicht!«

»Nein, das macht erst zwei.«

Ragnvald lachte. Ich verfluchte ihn wüst und schnappte nach Luft, als Maddox eine Abfolge von Schlägen entfesselte, die mich förmlich auf dem Bauch tanzen ließ. Das Brennen fand ich nicht unerträglich, sehr wohl hingegen die Demütigung, wie ein unartiges Kind festgehalten und bestraft zu werden.

»Ich bringe dich um, Wolf.«

Maddox antwortete mit kraftvollen Klatschern auf meine Oberschenkel. Die Schmerzen auf meiner empfindlichen Haut trieben mir Tränen in die Augen, und ich fand es klüger, zu verstummen.

»Meinst du, sie hat ihre Lektion gelernt?«

»Ich werde sie fragen«, kündige Maddox an. »Wirst du uns gehorchen, Sabine? Du darfst nicht sprechen, nur nicken.«

»Ich ...«

Eine weitere Salve auf meinen nackten Po ließ mich die Zähne zusammenbeißen.

»Versuchen wir es noch einmal. Wirst du gehorchen? Du hast keine Erlaubnis zu sprechen.«

Ich nickte knapp.

»Braves Mädchen.«

Zwar hörte er nicht auf, mich zu versohlen, aber er wechselte die Schläge ab. Sie prasselten bald hart und schnell auf mich ein, bald zurückhaltender und langsam, auf jedes Fleckchen meines Allerwertesten. Am wenigsten mochte ich die Klatscher auf meine empfindlichen Oberschenkel. Ich wehrte mich nicht mehr, doch so sehr ich es versuchte, es gelang mir nicht, die Schläge vorherzusehen.

Ich spannte den Körper an, als Maddox die Hand wiederholt erst auf eine Stelle niedersausen ließ, bis sie warm wurde, dann auf eine andere.

»Atme, Sabine«, forderte er mich auf, und mir wurde klar, dass ich die Luft angehalten hatte. Mit einem Stoß blies ich sie aus.

Lass los, flüsterte etwas in mir.

Ich entspannte mich unter dem Ansturm, und fast sofort breitete sich ein Gefühl von Frieden durch meinen Körper aus. Das waren meine Männer, und sie würden mich nicht ernsthaft verletzen.

Maddox musste meine Kapitulation gespürt haben, denn er hörte auf und knetete meine Pobacken, womit er mein Gefühl der Euphorie steigerte.

»Du machst das so gut. Und dein Hintern hat jetzt eine hübsche Schattierung von Rosa.« Er fügte noch zwei schnelle Abfolgen auf mein Sitzfleisch hinzu. Schmerz fuhr mir in den Kopf und wandelte sich, wurde zu mehr. Meine Scham pulsierte sehnsüchtig und fühlte sich offen an.

Ich schrie auf und presste mich gegen seine Hand, als sie über meinen Hintern streichelte.

Er legte die Handfläche auf ihn und ließ die Hitze darauf wirken, dann jedoch tauchten seine Finger zwischen meine Beine, und ich stöhnte erneut. Mein Rücken wölbte sich durch, suchte seine Berührung.

»Beim gütigen Mond«, hauchte er. »Du bist klatschnass.« Ragnvald lachte.

Kaum ließ er mich los, wand ich mich in seinen Armen und krümmte die Hände wie Klauen, um ihn anzugreifen.

Mühelos wehrte er mich ab und starrte mich überrascht an, als ich vor seinem Gesicht die Zähne fletschte und knurrte. Meine Gegenwehr steigerte sich, und seine Hände verstärkten den Griff um meine Handgelenke.

»Hör auf«, befahl er mir, und als mich das nicht beruhigte, drehte er mich auf den Rücken und fixierte mich so.

Flehentlich hoben sich meine Hüften. Wimmernd keuchte ich, ein schamloses, wildes Geschöpf, das nur noch aus Verlangen bestand.

»Sieht so aus, als hättest du die Wölfin in ihr entfesselt«, meinte Ragnvald schmunzelnd. »Ich kann ihren Moschus von hier aus riechen.«

Maddox hielt mich unter sich fest und starrte mich weiter an. Ich bleckte die Zähne, sprach aber kein Wort. Das musste ich auch nicht.

»Was hast du mit ihr vor?« Ich hörte, wie Ragnvald näher kam.

»Sie mir nehmen.« Beim Klang von Maddox' tiefer Stimme zog sich mir vor Verlangen alles zusammen. »Hart.« Seine Körper senkte sich auf meinen, drückte mit herrlicher Absicht genau gegen die richtigen Stellen.

»Willst du das?« Seine Hüften kreisten, seine Härte rieb an meiner Mitte. »Du darfst sprechen.«

»Ja«, brachte ich wimmernd hervor. »Bitte.«

»Du warst böse, hast mich angegriffen. Was ist ein Frauchen, das seine Herren beißen will?«

»Böse. Ich bin sehr böse.« Ich hätte alles zugegeben, damit er die Bewegungen seiner Hüften an meinen fortsetzte. »Bitte ...«

»Was verdienst du?«

»Bestrafung.«

»Die Letzte hast du viel zu sehr genossen. Sie hat dir gar nichts beigebracht.«

»Dann vielleicht eine andere Bestrafung«, schlug Ragnvald vor.

Maddox drehte mich herum. »Auf alle viere, Sabine. Streck den Hintern in die Luft.«

So wartete ich, bis sich etwas Kühles in der Ritze meines Hinterteils ausbreitete. Jäh zuckte ich nach vorn. »Was ist das?«

»Nein.« Maddox' Hand klatschte auf meine nackte Pobacke. »Auf die Hände und Knie. Du wirst gehorchen.«

Widerwillig kniete ich mich wieder hin. Maddox zog mir das Kleid über den Kopf, während Ragnvald mit irgendetwas hinter mir beschäftigt war.

»Tief atmen, Sabine. Ein und aus.« Etwas drückte gegen meinen Hintereingang, brannte kurz und flutschte dann hinein. »Das wird dich für uns dehnen, damit wir dich eines Tages zusammen nehmen können.«

Das fremdartige Gefühl brachte mich zum Stöhnen, aber meine Scham troff vor Bereitschaft. »Bitte nehmt mich.«

»Zuerst erfreust du mich.« Maddox hielt mir seinen steifen Prügel an die Lippen. Ich nahm ihn in den Mund und bearbeitete ihn, so hart ich konnte. Die Stelle zwischen meinen Beinen fühlte sich so leer an.

Ragnvald drehte den Gegenstand in meinem Hintern, drückte ihn und zog daran, dehnte mich, bis ich dort ein Aufflackern von Empfindungen verspürte.

»Konzentrier dich.« Maddox packte meinen Kopf. »Bereite mir Vergnügen.«

»Ich werde dich jetzt versohlen«, kündigte Ragnvald an. »Wenn du ihn beißt, hängen wir dich draußen an den Handgelenken an einen Baum und peitschen dich aus, bis jeder Teil von dir mit Striemen übersät ist. Hast du verstanden?«

Ich nickte. Mit einer Hand in meinem Haar drückte er

mich nach unten, damit ich Maddox tiefer aufnahm. Während ich blies, sauste Ragnvalds harte Handfläche auf die Ansätze meines Hinterteils nieder und stieß mich nach vorn. Die Schläge brannten, aber erträglich. Gehorsam hob und senkte ich den Kopf, während Ragnvald mich bestrafte. Meine Scham pulsierte, bis ich es nicht mehr ertragen konnte.

»Bitte, bitte«, brachte ich gurgelnd um Maddox' Schaft herum hervor.

Ragnvald kniete sich hinter mich und packte mein Haar, zog meinen Kopf zurück. »Der Stöpsel bleibt drin.« Damit versenkte er sich herrlich tief in meiner nassen Spalte.

Die Krieger bewegten sich im Einklang, einer hinter mir, der andere in meinem Mund. Durch den Stöpsel fühlte ich mich zum Bersten ausgefüllt.

Stöhnend schauderte ich, während ich mit der Zunge über Maddox' pralle Härte fuhr.

»Unterwirf sie.«

Ragnvalds Finger bohrten sich in meine Hüften. Er fluchte, als er tief in mir kam. Mein Körper bebte dermaßen, dass ich mich kaum auf allen vieren halten konnte.

Maddox stützte mich mit einer Hand – einer zärtlichen Hand.

»Wechsel.«

In dem Augenblick, in dem ich mich an Ragnvald schmeckte, war es um mich geschehen. Ich geriet über meinen eigenen Geschmack außer Rand und Band, als könnte ich nicht genug davon bekommen.

»Bei den Göttern«, hauchte er.

»Mach dich bereit«, warnte Maddox.

»Aufmachen.« Ragnvald ließ mich seinen nach wie vor steinharten Prügel in den Mund nehmen.

Maddox ging zwischen meinen Hüften in Stellung und begann, in mich zu hämmern.

Schon beim zweiten Stoß kam ich. Heftig. Geradezu panisch röchelte ich um Ragnvalds Schaft, und er zog sich aus mir zurück. Nach Luft schnappend ließ ich den Kopf sinken und bemühte mich, durchzuhalten.

»So besorgen wir es unartigen Frauenzimmern, die ihren Platz vergessen. Auf den Händen und Knien, hilflos.«

Bei jedem Stoß wogte ich nach vorn. Meine Fäuste krallten sich in die Felle, was jedoch wenig dagegen half, dass ich vorwärtsgetrieben wurde. Kaum hatte ich einen Orgasmus hinter mir, raste ich auf den nächsten zu. Die Muskeln meiner Pforte saugten Maddox gierig in mich, mein Hintern richtete sich auf, wölbte sich ihm entgegen, um ihn tiefer aufzunehmen.

Ragnvalds Männlichkeit wippte vor mir. Er klatschte mir damit gegen die Wangen, bevor er die Hand um seinen Schaft schloss und ihn massierte.

Maddox grunzte und überzog meinen Hintern mit seinem Erguss.

»Du hast Glück. Wenn wir dich das nächste Mal bestrafen, nehmen wir dich hart und lassen unseren Samen auf deiner Haut trocknen. Für dich wird dabei kein Vergnügen abfallen, du wirst nur den Geruch unserer Entladung bekommen.« Warnend versetzte er mir einen Klaps auf den Po, aber ich schnurrte nur befriedigt.

AN JENEM ABEND hörten die Männer nie auf, mich zu berühren, und ließen mich kaum auf eigenen Beinen stehen. Während Maddox Fleisch briet, hielt mich Ragnvald auf seinem Schoß und ließ mich aus dem Horn trinken, das er in der Hand hatte. Der Inhalt erwies sich als stark und berauschend. Ich wurde rasch beschwipst davon. Als das Essen fertig war, fütterte mich Maddox mit ausgewählten Stücken und ließ mich seine Finger ablecken. Meine Zunge schlängelte sich um jeden Knöchel, und ich kicherte bei dem Spiel.

Als der Mond hoch am Himmel stand, lag ich auf einem Fell zwischen den Kriegern. Maddox massierte meine Füße, Ragnvald streichelte mein Haar, während sie Geschichten aus ihrer Vergangenheit erzählten. Der Wind stob einige Funken aus dem Feuer auf, und ich hob die Hand, als könnte ich sie einfangen.

Ragnvald lächelte auf mich herab. »Und, Sabine? Wie gefällt es dir als Berserker-Gefährtin?«

Durch die Berührungen der Männer züngelten bereits Flammen zwischen meinen Beinen. Meine Stimme wurde belegt und begierig. »Ich bin zufrieden.«

Maddox schmunzelte. »Wir haben herausgefunden, wie man unsere Frau befriedigt. Erst den Hintern versohlen, dann rammeln.« Er hob meinen Fuß an und küsste meine Zehen, um den Hochmut in seinem Ton zu entschärfen.

»Also bin ich eure Frau?« Zum Streiten fühlte ich mich zu entspannt.

»Das bist du schon eine Weile, sonst wärst du nicht in der Lage gewesen, Ragnvald zu heilen.«

Es musste wohl stimmen. »Woher hast du gewusst, dass ich die Richtige bin? Dass die Hexe nicht gelogen hat?«

Ragnvald und Maddox wechselten einen Blick und ließen eine ihrer langen Pausen folgen. »Durch deine Schwester.«

»Welche Schwester? Muriel oder Fleur?«

»Weder noch.« Die Länge seiner Pause reichte für mich aus, um zu erahnen, was er sagen würde, und für mein

Herz, um als Reaktion darauf zu meinen Füßen zu sacken. »Brenna.«

Ich setzte mich auf. »Ihr kennt sie? Wo ist sie? Könnt ihr mich zu ihr bringen?«

»Sie gehört zu einem anderen Berserker-Rudel«, sagte Ragnvald. »Dein Stiefvater hat sie an dessen Anführer verkauft. Sie haben genauso lange nach der von einer Hexe vorhergesagten Frau gesucht – einer Frau, gezeichnet von einem Wolf.«

»Gezeichnet von einem Wolf?«, hakte ich nach und begriff auf Anhieb. »Ihre Narben von dem Angriff des Hunds.«

»Ja. Sie wurde von einem Wolf angegriffen, als sie klein war. Die Magie in ihr war von jeher stark, und wir glauben, dass sie einen tollwütigen Werwolf angelockt hat. Er hat versucht, sich mit ihr zu paaren.«

»Mit ihr zu paaren?«

»Sie zu beißen.« Er deutete auf seine Schulter. Mir wurde klar, dass mich beide Krieger während unseres Liebesspiels in die Schultern gebissen hatten. »Paarungs-bisse. Mittlerweile trägt sie welche von ihren wahren Gefährten, den Alphas, die Anspruch auf sie erhoben haben.«

Meine Hand hob sich an meinen Hals zu dem Kloß, der sich darin gebildet hatte. Irgendwie gelang es mir, erstickt hervorzupressen, woran ich tief im Herzen geglaubt, was ich aber nie mit Sicherheit gewusst hatte. »Sie lebt.«

»Und es geht ihr gut«, sagte Maddox. »Sie möchte dich auch gern sehen.«

»Wir haben dir nicht sofort von ihr erzählt, weil ihr Rudel und das unsere in der Vergangenheit im Streit miteinander gelegen haben und wir wenig mehr wussten, als dass sie lebt. Wir haben für dich und deine Schwester mehrfach Gesandte zwischen den Rudeln hin und her geschickt.«

»Wann kann ich sie sehen?«

»Es findet eine Versammlung statt – eine Zusammenkunft ähnlich jenen, die wir früher hatten. Ihre Gefährten werden dort sein. Wir nehmen dich mit, stellen dich vor, schließen mit ihnen Frieden, und dann kannst du deine Schwester sehen.«

Meine Hand sank auf meine Brust, wo mir der freudige Schmerz das Atmen erschwerte. Maddox ging vor mir auf die Knie und ergriff meine Hand.

»Ich dachte, ihr hättet mir alles genommen«, flüsterte ich. »Aber ... jetzt scheint ihr diejenigen zu sein, die es mir zurückgeben.«

»Wir empfinden dasselbe, Liebes«, murmelte Ragnvald hinter mir.

»Wir sind dein Schicksal«, ergriff Maddox das Wort, und ausnahmsweise widersprach ich seiner Behauptung nicht.

»Bevor wir uns mit Brennas Rudel bei der Zusammenkunft treffen, musst du unser Rudel kennenlernen.« Das hatte mir Ragnvald bereits gesagt. »Die anderen möchten der Frau danken, die sie gerettet hat.«

Ich willigte ein, und als der nächste Tag anbrach, ersuchte ich als Erstes darum, zum Bach zu gehen, damit ich mich baden und vorbereiten konnte.

Als ich aus dem Wasser stieg und mir die Haare auswrang, wünschte ich inständig, ich hätte ein neues Kleid statt des alten, das ich ausgewaschen und zum Trocknen auf einen Strauch gehängt hatte. Nachdem ich in mein Untergewand geschlüpft war, wollte ich meine Gunna holen, aber sie war verschwunden.

»Suchst du danach?« Maddox trat zwischen den Bäumen hervor, mit einem Kleid – nicht mit meinem alten, sondern mit einem neuen, bezaubernden aus Brokat in Gold und Grün.

»Woher hast du das?«

Mir fiel auf, dass er mit einer neuen Hose aus Hirschleder und mit nach einem eigenen Bad im Tümpel zurückgestrichenem Haar ausgesprochen gut aussah.

»Wir haben einen Wolf zum Markt geschickt. Es geht nicht an, dass du praktisch nackt bist, wenn du das Rudel kennenlernst – so sehr das den anderen gefallen würde.« Maddox legte das Kleid hin. »Aber zuerst ...« Ohne Federlesens hob er mich hoch, setzte sich auf den nächstbesten umgestürzten Baumstamm, öffnete die Hose und setzte mich auf seinen Schaft. Ich hielt mich an seinen Schultern fest und wölbte den Rücken durch, als er mich ausfüllte. Mit den Händen an meiner Taille ließ er mich auf seiner dicken, prallen Härte wippen, bis meine Schreie vom Wasserfall widerhallten.

»Wofür war das?« Ich sackte nach dem Orgasmus schlaff nach vorn.

»Um dich zu zeichnen«, sagte Ragnvald hinter mir.

Maddox zog sich mit einem flutschenden Laut aus mir zurück und stützte mich, als mich Ragnvald vornüber beugte und mich von hinten nahm. Der blonde Krieger zog sich im letzten Augenblick aus mir zurück und spritzte seinen Samen auf die Rückseite meiner Beine.

»Ich hab gerade gebadet!«, rief ich empört.

»Aye«, sagte Maddox grinsend. »Und jetzt riechst du wieder nach uns. Und wir riechen nach dir.«

Als ich mich umdrehte, hielt Ragnvald das Kleid bereit und half mir beim Anziehen. Beide Männer trugen neue Hosen und Stiefel, ihre Oberkörper jedoch ließen sie nackt.

»Noch ein Geschenk.« Maddox band mir das Haar zurück, und Ragnvald holte einen silbernen Wendelring hervor, verziert mit Goldschmuck, der zu den Armreifen passte, die sie um die mächtigen Oberarme trugen.

»Dieser Wendelring weist dich als unser Eigentum aus«, erklärte Ragnvald und legte ihn mir mit zeremonieller Erhabenheit um den Hals an. »Ich verpflichte mich dir, Sabine von Alba. Ich werde für dich leben und sterben und mit größter Achtung für dich sorgen«, gelobte er und gab mir einen zarten Kuss, bevor Maddox dieselbe Handlung und dieselben Worte wiederholte.

»Komm mit.« Maddox streckte mir die Hand entgegen. Ich ergriff sie und verspürte zugleich Freude und Beklommenheit. So viel hatte sich geändert. Ich hatte gedacht, diese Krieger hätten meinen Leben in Stücke gerissen. Nun jedoch schienen sie daran zu arbeiten, meine Familie wieder zusammenzubringen.

»Du verstehst doch, dass wir tun, was wir müssen, um dich zu beschützen, oder?«, fragte Maddox.

»Ja.«

Maddox nickte Ragnvald zu, der fortfuhr. »Es gibt Regeln, an die du dich halten musst, Sabine. Dieses Treffen mit dem Rudel ist ein Test für dich und bereitet dich darauf vor, uns zur Zusammenkunft zu begleiten. Du darfst dich uns nie in der Öffentlichkeit widersetzen. Bleib still, halt den Kopf gesenkt und lass den Blick zu Boden gerichtet.«

Scharf atmete ich ein. »Was?«

Ragnvald sprach langsam und mit ernster Stimme. »Das sind die Bedingungen. Wölfe erwarten eine gewisse Unterwürfigkeit von ihren Frauen.«

»Ich bin keine Wölfin.«

»Richtig, aber du gehörst uns. Du bist eins mit uns, und durch uns bist du ein Teil des Rudels. Du musst dich an die Gesetze des Rudels halten, oder du wirst bestraft.«

Ich knirschte mit den Zähnen. Ragnvald wartete auf eine scharfe Erwiderung, die ich mir verkniff.

Schließlich nickte er. »Das ist die letzte Regel: Du bleibst die ganze Zeit hinter mir.«

»Wie weiß ich, wohin ich gehen soll, wenn ich den Blick auf den Boden richten soll?«

Er hob eine kleine, leichte Kette an und befestigte sie am Wendelring. »Du folgst mir, wohin ich dich führe.«

»Nein«, widersprach ich, aber er trat zurück und zog an der Leine aus Metall.

Ich zwang mich, ihn nicht anzubrüllen. »Du willst mich herumführen wie einen Hund?«

»Du kannst dich glücklich schätzen, dass du dich nicht auf Händen und Knien fortbewegen musst wie eine Wölfin.« Wieder zog er an der Leine. Ich packte sie, um mich nicht auf ihn zuzubewegen.

»Ich ...« Die Worte blieben mir im Hals stecken. Ich wollte meine Schwestern sehen, aber *das* wollte ich nicht tun müssen. »Das ist demütigend.«

»Wölfe und Krieger leben und sterben nach strengen Gesetzen. Ungeschriebenen Gesetzen, dennoch sind es Gesetze. Wir müssen alle unseren Platz im Rudel finden. Ich bin der Anführer. Und obwohl Maddox anfangs ein Außenseiter war, ist er stärker und klüger als die anderen, außerdem hat er mir das Leben gerettet. Das Rudel akzeptiert ihn als meinen Stellvertreter.«

»Darum musste ich kämpfen. Muss ich manchmal immer noch«, fügte Maddox hinzu.

»Aber du kannst nicht kämpfen. Selbst wenn wir dir erlaubten, eine Herausforderung um Macht auszusprechen, du könntest nicht einmal den schwächsten Krieger besiegen, Sabine. Somit stehst du auf der untersten Stufe des

Rudels. Diese Kette beschützt dich, weil sie dich als unser Eigentum kennzeichnet.«

»Ich fühle mich dadurch wie eine Sklavin.« Meine Wangen loderten – vor Zorn, vor Verlegenheit und vor noch etwas. Mit der Kette, dem Halsband und dem Ende meiner Leine in Ragnvalds Hand kam ich mir wie ein begehrter, umkämpfter Preis vor. Mein verräterischer Körper reagierte darauf genauso wie auf die harte Rammelei vor wenigen Minuten. Das Grinsen in Maddox' Gesicht verriet mir, dass die Krieger meine wahren Gefühle riechen konnten.

»Sklavin oder Gefährtin, wo liegt der Unterschied?«, sagte Maddox. »Du kommst und gehst mit unserer Erlaubnis. Du isst, was wir dir geben. Du teilst das Bett mit uns.«

Finster starrte ich ihn an. »Das werde ich künftig nicht mehr machen.«

Er lachte. »Na schön. Wir werden dich nicht zwingen.« Er strich mir mit dem Handrücken über die Wange, bevor er zurücktrat. »Wir werden dich darum betteln lassen.«

»Du gehörst uns«, ergriff Ragnvald das Wort, und ich konnte das Verlangen nicht leugnen, das sich bei seiner mit fester Stimme ausgesprochenen Aussage in mir aufbaute. »Du bist unser Schatz, unser Besitz. Und du wirst gehorchen.«

»Ich will das nicht tun«, flüsterte ich.

Mit einem Seufzen wickelte sich Ragnvald die Glieder der Kette um die Hand, verkürzte die Leine und zog mich näher. Aber als er sprach, klang seine Stimme sanft. »Diese Kette beschützt dich. Wir werden das Rudel nicht besuchen, ohne dass du sie trägst. Eines Tages wirst du ohne sie hingehen können. Wenn die Bestie gezähmt ist und wir so leben, wie es Männer und Frauen tun. Aber vorerst ... wäre es ohne zu gefährlich. Wir erhalten die Regeln des Rudels aufrecht. Für die Sicherheit aller.«

Beim Gedanken, dem Rudel wie eine bewegliche Habe vorgeführt zu werden, drehte sich mir der Magen um. Aber ich würde es tun, wenn nicht für meine Krieger, dann für Muriel und Fleur. Ich atmete tief durch. »Ich werde die Leine tragen. Nur bitte, wenn wir meine Schwestern sehen ...«

»Wir werden sie dich nicht vor ihnen tragen lassen. Wir haben sie getrennt vom Rudel untergebracht und nehmen dir die Leine ab, wenn wir mit den Frauen allein sind.«

»Aber du wirst den Wendelring tragen. Immer«, erklärte Maddox in einem Ton, der keine Widerrede duldete.

Ich betastete die feinen Glieder. »Na schön.«

Mit einem verhaltenen, anerkennenden Lächeln setzte sich Ragnvald in Bewegung. Ich ließ mich von ihm führen und hätte beinah seine Seite gestreift, weil ich den Blick strikt zu Boden gerichtet hielt. Es wurde einfacher, als ich mich darauf einließ, seiner Führung zu folgen.

»So ist's gut, Sabine. Bleib dicht bei mir.« Ragnvald hörte sich sehr zufrieden an, beinah stolz.

Wir marschierten durch den Wald, und nach einer Weile vergaß ich mein Schamgefühl. Der Tag war so schön, dass ich den Blick zu den umherfliegenden Vögeln und zum goldenen Licht hob, das durch den Baldachin des Walds drang. Je weiter wir gingen, desto deutlicher stieg mir ein berauschender Geruch in die Nase, wild und fremdartig. In der Ferne hörte ich ein Tosen und erkundigte mich schließlich, worum es sich handelte.

»Das Meer«, sagte Maddox. Er deckte uns aufmerksam den Rücken, als wir die Bäume hinter uns ließen. Ragnvald blieb stehen, und ich hätte um ein Haar meine Rolle vergessen und wäre an ihm vorbeigegangen. Ein Ruck an der Leine bremste mich jäh. Mit wieder lodernden Wangen nahm ich meinen Platz einen Schritt hinter Ragnvald ein. Der große Anführer schaute überaus ernst drein.

»Denk dran, Sabine, sieh keinem Mitglied des Rudels in die Augen. Ein Wolf fasst das als Herausforderung auf, und das würde nicht gut für dich enden – oder für irgendeinen anderen Wolf, der eine Herausforderung nicht umsetzen kann.«

Ich spannte die Kieferpartie an.

»Wenn du nicht nach unten schauen kannst, dann sieh Ragnvald oder mich an«, flüsterte mir Maddox zu. »Siehst du irgendwo anders hin, wirst du bestraft.« Auch sein Ton klang ernst, aber ein Funkeln in seinen Augen verriet mir, dass er es genießen würde, mich zu züchtigen.

Ich zog die Lippen zurück und bleckte ihm die Zähne entgegen wie eine Wölfin. Er lachte.

»Bewahre dir diesen Mut, kleine Hexe.«

»Kommt«, sagte Ragnvald. Sein Ton ernüchterte uns. Wir durchquerten ein Feld und umrundeten große Felsblöcke. Das Gras erwies sich als struppig, und als ich einen flüchtigen Blick zum Horizont wagte, sah ich nur Himmel über einer grünen Anhöhe, hinter der das Land steil abzufallen schien.

»Die Klippen überblicken das Meer«, sagte Maddox. »Menschen kommen selten hierher, deshalb haben wir uns hier niedergelassen. Der Anblick und die Geräusche des Meers können beruhigend sein.«

»Ich habe es noch nie gesehen«, flüsterte ich zurück.

»Eines Tages nehme ich dich zum Segeln mit.« Maddox lächelte mich an. Dadurch sah sein Gesicht so bezaubernd aus, dass mein Herz vor Erregung schneller schlug, obwohl ich nervös war.

»Du bist schon auf einem Schiff gewesen?«, rutschte mir heraus, bevor ich mich an seine Geschichte erinnerte.

»Natürlich. Was denkst du denn, wie ich hierher gelangt bin? Still jetzt.« Zwei Männer traten hinter einem der Felsbrocken hervor und sahen so zerlumpt aus wie Maddox und Ragnvald bei unserer ersten Begegnung. Rasch schlug ich die Augen nieder. Es widerstrebte mir zutiefst, die Rolle der gefügigen Gefangenen zu spielen, aber als Maddox meine Hand ergriff und drückte, fühlte ich mich besser.

Ragnvald sagte zu den Männern etwas in einer rauen, kehligen Sprache, bevor er zu einer Sprache wechselte, die ich verstehen konnte. Aufmerksam wartete ich darauf, dass er mich vorwärtsführen würde. Als er es tat, ließ ich den Blick gesenkt, beobachtete das Geschehen jedoch aus den Augenwinkeln.

Das Rudel hatte das Lager in der Mitte eines Kreises aus großen Steinen aufgeschlagen. Männer hielten sich verteilt um eine große Feuerstelle auf. Sie begrüßten Ragnvald mit einer Faust auf der Brust und gesenktem Haupt. Der blonde Anführer nickte jedem zu, ging in Richtung des Steins in der Mitte und stieg auf einen Vorsprung darin, um den Blick über die versammelten Krieger wandern zu lassen. Obwohl ich nur den Boden sah, spürte ich das Gewicht der Aufmerksamkeit auf mir.

»Knie nieder, Sabine«, murmelte mir Maddox zu und warf ein Fell für mich auf den Boden.

Ragnvald setzte sich, Maddox blieb zu meiner Rechten stehen.

Unter der bohrenden Musterung sämtlicher Krieger klammerte ich mich an Ragnvalds Bein. In meinem Kopf liefen Bilder ab. Ich durfte diese Männer nicht ansehen, aber vor meinem geistigen Auge kämpften sie, jagten sie, vernichteten sie. Nur mit Wolfspelzen und Lendenschurzen zogen sie in die Schlacht, und die Äxte und Klingen ihrer Feinde hinterließen kaum Kratzer an ihrer Haut.

Maddox bückte sich, um mir ins Ohr zu flüstern. Seine Stimme erdete mich, doch ich brauchte einen Moment, um zu begreifen, was er sagte. »Sie können die Blicke nicht von dir lösen. Du bist das schönste Wesen, das sie je zu Gesicht bekommen haben.«

Mein rasender Herzschlag beruhigte sich etwas, als sich Ragnvald an das versammelte Rudel wandte.

»Berserker, ich habe euch hier zusammengerufen, um euch Sabine vorzustellen, die Heilerin, die mich gerettet hat. Obwohl sie die Schwächste unseres Rudels ist, nimmt sie einen Ehrenplatz ein. Was wir ihr schulden, kann nie zurückgezahlt werden. Dank ihrer Heilkunst werden wir stark genug sein, um dem Rudel der Hochland-Berserker ebenbürtig gegenüberzutreten, wenn wir in wenigen Tagen zusammentreffen.«

Die Krieger stimmten Jubel an, rasselten mit ihren Waffen und schlugen auf ihre Schilde, was sich zu einem grauenhaften Lärm vereinte.

»Steh auf, Sabine«, befahl Ragnvald, und Maddox half mir auf die Beine, als ich mich nicht schnell genug bewegte. Der Jubel der Krieger wurde lauter, als sich die beiden Alphas neben mich stellten, einer an jede Seite. Als ich trotz meiner Demütigung verherrlicht wurde, fühlte ich mich nicht mehr wie eine Sklavin oder wie ein Stück Fleisch, sondern wie ein geschätzter Gast.

»Bring Sabine zu ihren Schwestern, während ich mit dem Rudel spreche.« Ragnvald übergab meine Leine an Maddox. Ich ließ den Blick nach unten gerichtet, aber das Kinn erhoben, als ich die nach wie vor johlenden Männer passierte.

»Gut, dass dich das Rudel akzeptiert, Sabine. Du siehst nicht im Geringsten gefügig aus.«

Ich achtete auf eine ausdruckslose Miene. Er unterdrückte ein Lachen. »Egal. Ergebenheit bekommt dir nicht gut.«

Wir befanden uns außer Hörweite in der Nähe der Bäume.

»Du kannst dich glücklich schätzen, falls ich je wieder das Bett mit dir teile, Wolf«, drohte ich.

Er zog mit einem Ruck an der Leine, und ich leistete kurz Widerstand, bevor ich mich in Bewegung setzte. Unweigerlich zog er mich näher und näher. Ich wehrte mich dagegen, so gut es ging, ohne es wie unverhohlenen Ungehorsam wirken zu lassen.

»Unmöglich. Ich kann deine Lust von hier aus riechen. Das können sie alle.« Seine Augen schillerten klar. »Sie sehnen sich nach dir. Sobald wir unsere Angelegenheiten hier erledigt haben, bringen dich Ragnvald und ich zurück zur Höhle und nehmen dich wieder und wieder, bis du unsere Namen schreist.« Ein Beben ging durch meinen Körper und schwächte meine Beine. Maddox schlang mir einen Arm um die Taille, als er mich zum Wald geleitete.

Kaum befanden wir uns außer Sicht des Rudels, ließ der tätowierte Krieger meine Leine los. Ich richtete mich auf die Zehenspitzen auf und vergrub die Hand in seinem Haar, als er meinen Mund mit wildem Verlangen eroberte. Ich hakte ein Bein um seine Mitte und rieb mich an ihm. Er hob mich in seine Arme und setzte die Reibung fort, bis ich unter winzigen Schockwellen der Ekstase erzitterte. Als er mich schließlich auf die Beine stellte, sackte ich keuchend an ihn. Maddox behielt die Hand in meinem Haar, umklammerte es fest, zog daran und lockerte den Griff. Ich entspannte mich.

»Manche Rudel reichen ihre Frauen herum und erheben während ihrer Brunst nacheinander Anspruch auf sie um das Lagerfeuer, auf dass alle Männer zusehen können. Würde dich das erregen oder dir Angst einjagen?«

Wimmernd wiegte ich mich an ihm.

»Aber wir werden nie zulassen, dass jemand anders Anspruch auf dich erhebt, Sabine«, flüsterte er mit Inbrunst. »Ich würde eher ins Grab wandern, als dabei zuzusehen, wie dich ein anderer berührt.«

Jemand räusperte sich hinter uns. Maddox und ich sprangen auseinander.

Ragnvald sah uns einen Herzschlag lang mit hochgezogener Augenbraue an, dann jedoch kam er näher und hakte die Kette aus.

»Das hast du gut gemacht«, lobte mich Ragnvald und steckte die Kette ein. Mich ereilte die abartige Vision, dass er mich zurück zur Höhle führen würde, wo mich Maddox und er den restlichen Tag lang kriechen und um ihre Schwänze betteln lassen würden. Als ich seufzte, lächelte Ragnvald, als könnte er meine Gedanken lesen.

»Deine Schwestern sind nur einen kurzen Marsch entfernt«, sagte er, um mich zu beruhigen.

Ich nickte und fuhr mir mit zittrigen Fingern durchs Haar, um es glatt zu streichen.

Ragnvald streckte mir die Hand entgegen. Ich ergriff sie, Maddox nahm meine andere, und zusammen marschierten wir los. Der Pfad führte zu einer Lichtung an einem bezaubernden kleinen Bach. In der Mitte der Weide stand ein großes, feines Zelt, hoch und prunkvoll wie das eines Königs. Auf dem Boden vor dem Eingang lag ein Bärenfell. Als wir uns näherten, steckte eine wunderschöne, brünette Frau den Kopf heraus.

»Sabine«, sagte sie lächelnd.

Wie gebannt stand ich da. Die Frau sah wie Brenna aus, nur kleiner.

Das Lächeln geriet ins Stocken. »Schwester, ich bin's. Muriel.«

»Hallo, Sabine«, ertönte eine schwächere Stimme, und Fleur folgte ihrer Zwillingsschwester, um mich zu begrüßen. Sie wirkte größer und schlanker, als ich sie je zuvor gesehen hatte.

»Ich weiß.« Ich stimmte ein zittriges Lachen an. »Ich ... Du siehst aus, als wärst du so viel gewachsen.«

»Nur für eine Woche. Es ist noch nicht lange her.« Muriel lachte ebenfalls, und wir stürmten aufeinander zu, um uns zu umarmen.

Ragnvald und Maddox hielten sich zurück.

»Das sind die Alphas des Rudels«, flüsterte ich meinen Schwestern zu, aber sie schienen sich nicht zu fürchten.

»Wissen wir. Maddox ist hergekommen, um uns zu erklären, wo du bist und warum die Berserker uns entführt haben.« Muriel winkte den Männern verhalten zu. Mir fiel auf, dass sie die Augen dabei niedergeschlagen ließ. Maddox musste sie über die Gesetze des Rudels aufgeklärt haben.

»Zuerst hatten wir Angst, aber dann waren wir dankbar, dass sie uns weggebracht haben«, fügte Fleur hinzu.

»Weggebracht?«

»Ja. Sie haben gehört, dass Vater Benton die Dorfbewohner gegen dich aufhetzen wollte. Es war nicht mehr sicher für uns, also sind sie uns holen gekommen.«

Ich warf Maddox einen scharfen Blick zu, aber er zuckte nur mit den Schultern. Wahrscheinlich hatte er meinen Schwestern das Märchen aufgetischt, damit sie nicht in Panik geraten waren, wofür ich wohl dankbar sein sollte. Doch das war ich nicht.

Muriel lächelte Ragnvald an. »Ich bin froh, dass es dir besser geht, Herr.«

»Das bin ich auch, Muriel«, erwiderte er mit einem anmutigen Nicken, bevor er sich an ihre Zwillingsschwester wandte. »Fleur, geht es dir besser?«

»Ist sie krank gewesen?«, fragte ich Muriel, denn wir mussten unsere Jüngste oft bei Fieberanfällen und Schüttelfrost pflegen.

»Das Übliche, aber nur kurz«, ergriff Fleur das Wort. »Ihr müsst nicht über mich reden, als wäre ich ein Kind. Ich kann für mich selbst sprechen.«

Ich öffnete den Mund und schloss ihn wieder.

»Und außerdem geht es mir inzwischen besser. Wir haben die Kräuter, die wir gebraucht haben. Wir haben sogar einem Mitglied des Rudels geholfen, wilden Honig zu find.«

»Ich dachte, ihr haltet sie getrennt vom Rudel fest.« Damit wandte ich mich an Ragnvald und Maddox. Obwohl ich den Blick gesenkt ließ, schrammte mein Ton haarscharf an Respektlosigkeit vorbei.

»Zu ihrer Sicherheit stellen wir regelmäßig Wachen auf, und mehrere der Männer haben sich mit ihnen angefreundet.« Er hob eine Hand, um einer scharfen Erwiderung meinerseits zuvorzukommen. »Deine Schwestern werden mit größtem Respekt behandelt.«

»Komm mit«, sagte Muriel beschwichtigend. »Sieh dir unsere Unterkunft an.« Sie hielt die Zeltklappe für mich auf.

»Wir kümmern uns um das Feuer«, sagte Ragnvald. »Das Rudel bringt euch Fleisch fürs Abendessen.«

»Komm, Sabine.« Muriel zog mich hinein, bevor ich Einwände erheben konnte.

Innen erwies sich das Zelt als üppig ausgestattet, mit Bärenfellen auf dem Boden, einigen geschnitzten Stühlen aus Holz sowie Kohlenbecken.

»Also behandeln sie euch gut?«, fragte ich immer noch unglücklich. Mir widerstrebte zutiefst, dass meine Schwestern nur mit Berserkern als Gesellschaft im Wald festgehalten wurden.

»Natürlich«, antwortete Muriel.

»Die ersten Nächte waren hart ...«, begann Fleur, und Muriel räusperte sich. »Aber seither werden wir gut behandelt.«

»Sehr gut sogar.« Muriel errötete ein wenig, und ich legte die Stirn in Falten.

»Wisst ihr, wer diese Männer sind?«

»Werwölfe.« Muriel nickte. »Und einige haben ihre Bestie nicht im Griff. Aber auch ihnen geht es inzwischen besser. Hast du dabei geholfen?«

»Ja.«

»Sie sagen, in unserer Familie kursiert Macht«, meinte Fleur von ihrem Sitz.

»Kannst du uns darüber mehr erzählen?«, fragte Muriel.

»Ich ...« Unvermittelt verstummte ich, weil ich nicht sicher war, wie viel ich sagen sollte.

»Wir wissen, dass du eine Heilerin bist«, ergriff Muriel das Wort, als ich nicht fortfuhr. »Und wir alle haben etwas, das diese Wölfe anspricht. Etwas, das sie anzieht.« Ihr belustigtes Lächeln verriet mir, dass sie die Alphas und mich Händchen halten gesehen hatte.

»Was wir wissen wollen, ist, wie sie uns gefunden haben.«

Mich den beiden gegenüberzusehen, die so viel älter wirkten, als ich sie in Erinnerung hatte, hob mir eine gewaltige Last von den Schultern. Ich ließ mich auf einen geschnitzten Stuhl plumpsen, als hätten die Beine unter mir nachgegeben. »Brenna ist am Leben.«

Meine Schwestern hielten inne, allerdings nicht vor

Überraschung. Vor Erwartung. In dem Moment wurde mir klar, was wir insgeheim alle gewusst hatten, nämlich das Brennas Verschwinden nicht ihren Tod bedeutete. Ich hatte mit Muriel und Fleur nicht darüber geredet, weil ich sie für Kinder gehalten hatte. Aber wenn sie stark genug waren, um Entführung und Gefangenschaft durchzustehen, dann hatten sie sich das Recht auf das Wissen verdient, dass Magie durch ihre Adern strömte.

»Ein Berserker-Stamm – nicht der von Ragnvald, sondern ein anderer – war bei einer Hexe und hat von einer Prophezeiung über eine Frau gehört, die angeblich die Bestie zähmen kann. Sie sind auf Brenna gestoßen, weil sie nach einer Frau mit Narben gesucht haben.«

Muriel nickte.

»Unser Stiefvater hat sie ihnen verkauft. Ragnvald und Maddox haben von ihr gehört und sich an eine ähnliche Prophezeiung erinnert, die ihnen zu Ohren gekommen ist. Maddox hat mich im Wäldchen gefunden ...« An der Stelle errötete ich.

»Und er hat dich mitgenommen, um seine Leute zu heilen«, beendete Muriel den Satz für mich, und ich nickte dazu dankbar.

»Was jetzt?«, fragte Fleur.

»Ich habe eine Vereinbarung für unsere Freiheit ausgehandelt.«

»Was ist mit Brenna? Können wir sie sehen?«

»In ein paar Tagen findet ein Treffen statt. Meine Alphas – die Alphas dieses Rudels – haben mir versprochen, dass ich sie dabei sehen kann. Ich hoffe, dass sie ihr Wort halten.«

»Werden wir, Sabine«, sagte Ragnvald vom Eingang. »Wir sind mit Brennas Rudel in Verhandlungen um sicheres Geleit sowohl für euch als auch für eure ältere

Schwester. Ihr seid von größter Bedeutung für unsere Rudel.« Er bückte sich, um das Zelt zu betreten. Beim Ansturm der Hitze, die mich allein bei seinem Anblick durchströmte, ballte ich auf dem Schoß die Hände zu Fäusten. Ich musste mir vor Augen halten, dass er und Maddox unsere Entführer waren und ich eines Tages meine Schwestern und mich selbst von ihnen befreien würde.

Es sei denn, du willst gar nicht frei sein. Ohne auf diesen verräterischen Teil meiner selbst zu achten, sagte ich: »Danke, Herr. Wir sind dankbar für deine Bemühungen.«

Mit einem verhaltenen Lächeln, das mir verriet, dass er wusste, weshalb ich mich in Gegenwart meiner Schwestern so förmlich gab, wandte er sich an Muriel und Fleur. »Wenn dieses erste Treffen gut verläuft, können wir Brenna vielleicht für einen Besuch hierher einladen. Oder euch zu ihr begleiten.«

Meine Schwestern dankten ihm höflich, als hätte er ihnen gerade eine unsagbare Gnade erwiesen, statt lediglich verfügt, wer vielleicht wen besuchen dürfte. Dann rief Maddox nach uns, und wir alle verlagerten uns nach draußen, um von dem Wild zu essen, das er über offener Flamme gegart hatte.

Wir saßen da und unterhielten uns über unverfängliche Dinge – das Wetter und die Kräuter, die am Bach wuchsen. Als die Sonne tiefer in Richtung des Horizonts sank, fiel mir auf, dass Ragnvald müder wirkte und die Schatten unter seinen Augen tiefer wurden. Maddox suchte meine Aufmerksamkeit und nickte mir kaum merklich zu, als er begann, um das Feuer aufzuräumen.

»Spaziert mit mir zum Bach«, lud ich meine Schwestern ein und erhob mich. Arm in Arm schlenderten wir ein Stück von den beiden Kriegern weg.

»Wir sind froh über deinen Besuch, Sabine«, sagte Muriel.

»Ich wünsche, du müsstest nicht zurück«, fügte Fleur hinzu.

Mir stieg ein Kloß in den Hals. Ich fragte mich, ob ich mehr Zeit aushandeln könnte. Meine Schwestern wirkten bezaubert vom gesitteten Auftreten der Krieger. Eine Heuchelei, wenn man bedachte, dass sie für unsere Gefangenschaft verantwortlich zeichneten.

»Das wünschte ich auch, aber ich werde noch gebraucht.«

»Oh, das verstehen wir.« Muriel schwenkte eine Hand.

»Wirklich?«

»Ja. Ihr seid Geliebte, nicht wahr?«

Mein Mund klappte weit auf.

»Ist schon gut«, fuhr Fleur fort. »Wir verstehen, wie du sie heilst. Je eher es ihnen besser geht, desto eher können wir wieder eine Familie sein.«

»Aber nicht im Dorf«, ergänzte Muriel. »Vielleicht können wir ja in eine Hütte näher bei den Berserkern ziehen.«

Vor Verblüffung verschlug es mir den Atem.

Fleur beugte sich verschwörerisch zu mir. »Muriel hat sich für einen der Wölfe erwärmt. Einen jungen Roten. Er gehört nicht zu diesem Rudel – er hat sich hier herumgetrieben und ist eigentlich ein Spion für Brennas Rudel ... Ist eine lange Geschichte.«

Ich taumelte. »Du ... interessierst dich für einen dieser Grobiane?«

»Sie sind keine Grobiane«, widersprach Muriel.

Fleur zwinkerte mir zu.

»Wie dem auch sein mag, deine Männer sind wunderschön«, sagte Muriel, nachdem sie ihrer Zwillingsschwester die Zunge herausgestreckt hatte. Also doch nicht so erwachsen.

»Sie sind nicht meine Männer ...« Ich wusste nicht weiter.

»Warum sehen sie sich dann an, als wärst du die Göttin höchstpersönlich? Und sie scheinen dir auch nicht gleichgültig zu sein.«

»Ich bin nicht verliebt. Kann ich gar nicht sein. Sie haben mir keine Wahl gelassen«, sagte ich.

»Vielleicht solltest du Brenna fragen.« Meine Schwestern schienen sich einig zu sein. »Sie lebt schon länger bei ihnen. Vielleicht weiß sie mehr.«

Ich wollte bereits erneut widersprechen – gegen meine angeblichen Gefühle für meine Alphas und die lächerlichen Vorstellungen meiner Schwester von unserer Zukunft –, als mir ein Gebilde ins Auge sprang. Es reichte mir bis zu den Schultern, so lang und breit wie zwei Männer. Der Rahmen bestand aus miteinander verknüpften, dicken Ästen.

»Was ist das?«

»Anfangs haben sie uns im Käfig gehalten«, plapperte Fleur aus, obwohl Muriel sie zum Schweigen zu bringen versuchte.

»Was?«, zischte ich.

»Sabine«, rief Maddox. »Ihr wart lange genug spazieren. Es ist an der Zeit, zurückzukehren.«

»Das macht nichts, Sabine«, sagte Muriel und ergriff meinen steifen Arm. »Es ist uns gutgegangen.«

»Es hat unserer eigenen Sicherheit gedient. Sie haben uns herausgelassen, als sie sicher waren, dass sie sich beherrschen können würden«, erklärte Fleur hastig.

»Meine Damen.« Ragnvald kam auf uns zu. »Zurück in euer Zelt. Eure neuen Wachen treffen bald ein, und wir müssen Sabine vor Einbruch der Dämmerung zurück nach Hause bringen.«

»Ja, Herr«, murmelten meine Schwestern und umarmten mich zum Abschied. Als ich nicht darauf reagierte, setzten sie besorgte Blicken auf, bevor sie davoneilten.

Ich stapfte zähneknirschend zum Käfig und begutachtete ihn. Die Berserker hatten den Käfig aus entlaubten Jungbäumen und Ästen angefertigt.

»Ihr habt sie in einem Käfig gehalten?«, presste ich hervor und wollte die zwei Krieger dabei nicht ansehen.

»Es war notwendig«, sagte Maddox hinter meinem Rücken.

»Wir müssen los«, murmelte Ragnvald. »Es ist ein langer Tag gewesen, und meine Kontrolle ...«

Als Maddox meinen Arm ergriff, riss ich mich von ihm los.

»Rühr mich nicht an. Rühr mich *nie wieder* an.«

»Sabine, du hast deine Schwestern gehört. Es war zu ihrem Schutz.«

»Schutz, den sie nur euretwegen überhaupt gebraucht haben!«

»Wir haben sie schon nach einer oder zwei Nächten ins Zelt umgesiedelt, als ...« Wieder griff Maddox nach meinem Arm. Letztlich wirbelte ich herum und schlug seine Hand weg.

Seine eigene Hand schoss vor und umklammerte mein Handgelenk.

»Hast du mich gerade geschlagen?«

»Ihr habt meine Schwestern in einem Käfig gehalten!« Ich versuchte, ihn mit der freien Hand richtig zu schlagen, was jedoch darin endete, dass ich von Angesicht zu Angesicht mit einem wutentbrannten Krieger rang.

Ragnvald seufzte, blieb aber auf Abstand. Ich spürte, wie seine Selbstbeherrschung zunehmend verkam, als er mit leiser Stimme anmerkte: »Du vergisst deinen Platz, Kleines.«

»Dann bestraft mich eben«, fauchte ich.

»Oh, das werden wir.« Maddox warf mich so wuchtig über seine Schulter, das mir die Luft aus der Lunge gepresst wurde. Nachdem wir den Käfig und den Bach hinter uns gelassen hatten, verfiel er in einen trabenden Laufschritt, der mich zwang, mich an seinem Gürtel festzuhalten. Ragnvald folgte uns nicht sofort. Ich fragte mich, ob er zurückblieb, um die Kontrolle zurückzuerlangen.

Maddox schwang mich erst von seiner Schulter, als wir beinah zu Hause waren. Ich spürte den Zorn, den er abstrahlte, als spannungsgeladene Hitze. Nach dem Leuchten seiner goldenen Augen zu urteilen, lauerte auch seine Bestie dicht unter der Oberfläche.

»Du kannst von Glück reden, dass wir nicht nah beim Rudel waren. Sonst wärst du bereits vor den anderen gefesselt. Ein paar würden wahrscheinlich verlangen, selbst die Peitsche schwingen zu dürfen.«

Ich setzte mich zur Wehr, doch Maddox überwältigte mich mühelos und band mich fest, zog mir die Arme mit einem Seil über den Kopf, das vom Ast eines Baums hing. Er legte die Hände an meinen Hals und riss mir mit einem kraftvollen Ruck das wunderschöne Kleid vom Leib.

»Nein«, rief ich zu spät. Er warf die Teile in den Wald.

»Doch. Du kannst dich glücklich schätzen, wenn wir dir innerhalb der nächsten Woche wieder Kleidung zugestehen. Wir sollten dich an unser Bett gefesselt gefügig machen, bis du dich an deinen Platz erinnerst.«

Meine Flüche hallten laut durch die kühle Nachmittagsluft.

»Jetzt hältst du dich für stark. Aber warte nur, bis du den Biss der Bullenpeitsche gekostet hast.«

Er wickelte einen langen Streifen aus breitem Leder ab, der an einem Ende spitz zusammenlief. Meine Lippen zogen sich zurück, obwohl ich in dem dünnen Untergewand zitterte.

»Nur zu.«

Mit verkniffener Miene hielt er das Ende der Peitsche in einer Hand, den Griff in der anderen. Er schnalzte rechts meines Rückgrats in der Nähe meines Schulterblatts damit durch die Luft.

Ich japste und verrenkte mich, als könnte ich mich dadurch befreien. Der knallende Laut konnte mich nicht auf die Gewalt des Leders vorbereiten. Die getroffene Stelle brannte wie Feuer. Der Atem strömte aus meiner Lunge, und mein gesamter Geist füllte sich mit Schmerz. Mein Körper zuckte beim nächsten Hieb und beim übernächsten. Meine Beine wären beinah eingeknickt.

»Nicht, bitte nicht«, presste ich keuchend hervor. Schon nach wenigen Hieben konnte ich die Schmerzen kaum fassen. Einen weiteren Schlag würde ich nicht überleben.

»Jetzt willst du betteln?« Er klatschte mir leicht durch den Stoff meines Untergewands auf den Rücken. Es tat nicht weh, aber die Haut wurde warm. »Du willst Gnade?«

»Bitte ...« Ich tänzelte auf Zehenspitzen, bis Maddox näher kam und mich auffing.

»Wir werden dir nicht erlauben, dich in irgendeiner Weise in Gefahr zu bringen.« Mittlerweile erkannte ich keine Wut mehr in seinen grobknochigen Zügen, aber auch kein Mitgefühl. Er trat zurück, und ich stellte fest, dass uns Ragnvald inzwischen eingeholt hatte.

»Wir sollten sie einfach von weiteren Rudelversammlungen verbannen«, meinte Ragnvald.

Da stockte mir erneut der Atem. Wenn sie das taten, würde ich Brenna nicht sehen.

»Nein« krächzte ich. »Alles andere ... ich unterwerfe mich der Bestrafung.« Ich umklammerte mit den Händen das Seil, das meine Arme straff über meinen Kopf gestreckt hielt. Ich konnte durchhalten. »Ich werde gehorchen. Bitte bestraft mich, wie ihr wollt.«

Mit forschen Händen schob mir Maddox den Zopf über die Schulter. Zuerst benutzte er einen Flogger aus geflochtenen Strängen, die in kleinen Knoten endeten. Die Schläge wärmten meinen Rücken. Als sie heftiger wurden, unterdrückte ich meine Schreie. Als Maddox innehielt, um mir auch noch das Untergewand vom Leib zu reißen, schluchzte ich über den Verlust des Kleidungsstücks. Diesmal platzierte Maddox den Zopf auf meinem Rücken und bemalte meine nackte Vorderseite mit einer Schattierung von Rosa. Die Schläge ließen mich zwar zusammenzucken, reichten jedoch nicht annähernd an die brutalen Schmerzen der Bullenpeitsche heran.

Ragnvald blieb auf Abstand, während sich Maddox wie bei einem Tanz vor mir bewegte. Sein Körper spannte sich bei jedem konzentrierten Hieb an. Während ich die beeindruckenden Muskeln seines Arms beobachtete, wenn er gezielt zuschlug, verspürte ich Dankbarkeit, dass er nicht seine gesamte Kraft zum Einsatz brachte.

In einer Pause kam Ragnvald herbei und fuhr mit einer Hand über meine gezeichnete Haut.

»Hätte ein Mitglied des Rudels gesehen, wie du uns angegriffen hast – oder auch nur deine Schwestern –, würde ich Maddox nicht erlauben, so sanft mit dir umzuspringen«, erklärte Ragnvald. »Wir würden dich zurück zum Steinkreis schleifen, um dich dort vor dem gesamten Rudel festzubinden. Und es würde kein Aufwärmen geben. Durch diese ersten, sanften Schläge kann Maddox länger weitermachen, und du wirst trotzdem weniger Schmerz verspüren.«

»Danke, Herr.«

Seine Züge blieben ungerührt. »Weitermachen«, befahl er Maddox, der mittlerweile zur Bullenpeitsche gewechselt hatte.

»Halt still, Sabine, sonst tut es dir nicht nur weh, sondern verletzt dich wirklich.«

Der erste Hieb ließ mich nach Luft schnappen, der zweite verschlug mir den Atem. Alle Luft strömte aus meiner Lunge, und ich schrie gequält auf.

»Halt still, Sabine.« Er befand sich hinter mir, drosch mit der Peitsche auf meine Schultern und meinen oberen Rücken ein. Jeder Streich fühlte sich wie der Einschlag eines Asts auf einer Stelle der Größe eines Daumennagels an und presste mir die Luft aus dem Körper.

Sie steckt all den Schmerz so gut weg.

Beinah hätte ich den Kopf gedreht, um nachzusehen, wer gesprochen hatte, bevor mir klar wurde, dass ich die Worte in meinen Gedanken hörte.

Sie wird später belohnt. Irgendwie wusste ich, dass die zweite Stimme Ragnvald gehörte.

Die Treffer auf meinem Hintern konnte ich wegatmen, aber als die Peitsche auf die empfindliche Haut meiner Oberschenkel schnalzte, krümmte ich mich wieder. Der Schmerz umklammerte mich, und ich verlor mich darin. Ich heulte hemmungslos, während mir Tränen über die Wangen strömten.

»Sag, Sabine. Wirst du uns noch einmal angreifen?«

»Nein. Nein.« Ich schluchzte.

»Wirst du dich unserem Willen unterwerfen?«

»Ich tue alles. Bitte.«

»Noch ein paar mehr«, sagte Maddox. »Gib dich dem Schmerz hin.«

Ein Schauder durchlief mich, als ich nickte. Ich würde es versuchen. Mir blieb keine Wahl.

»Eins«, zählte Maddox und hieb mit der Peitsche auf meine rechte Schulter. »Zwei.« Die linke Schulter.

Ich rührte mich nicht, presste das Gesicht gegen die Arme.

»Drei.« Die rechte Pobacke. »Vier.« Ich biss mir in die eigene Haut, dennoch schrie ich auf.

»Atme, Sabine«, befahl Ragnvald. Maddox wartete, bis ich gehorchte.

Ich richtete die Gedanken auf meine Schwestern, während ich zuckend Schläge auf meinen rechten und linken Oberschenkel über mich ergehen ließ. Dann erschlaffte ich und betete, Maddox möge fertig sein.

»Noch vier«, kündigte er an und brach mich damit. Heftig schluchzend hing ich in meinen Fesseln, als er mit einem frostigen, aber nicht grausamen Ausdruck im Gesicht zu meiner Vorderseite herumging.

»Nicht ihren Busen, Maddox«, ergriff Ragnvald das Wort. »Beschränk dich diesmal auf ihren Rücken.«

Maddox nickte dazu knapp. Ich versuchte, mir ins Gedächtnis zu rufen, was sie zu mir über Bestrafung gesagt hatten.

Ragnvald blieb auf der anderen Seite der Lichtung und beobachtete das Geschehen von dort. Mir wurde klar, dass Maddox es seinetwegen tat. Ich hatte ihn an die Grenzen seiner Selbstbeherrschung getrieben, und ohne dieses Ritual, um mich auf meinen Platz zu verweisen, würde es ihm nicht gelingen, den Ausbruch der Bestie zu verhindern.

»Verzeih mir.« Dass ich die Worte laut ausgesprochen

hatte, wurde mir erst bewusst, als Maddox mir eine Hand auf die Schulter legte

»Wie war das?«, hakte Ragnvald nach und kam näher.

»Verzeih mir, Alpha. Es war falsch von mir. Ich habe nicht nachgedacht und dich ... uns alle in Gefahr gebracht.«

Ragnvald nickte Maddox zu, der mich prompt losschnitt und vorsichtig auffing. Der tätowierte Krieger kühlte mir das Gesicht mit einem nassen Tuch – mit Resten meines Gewands, wie ich wehmütig erkannte.

»Wir wollen dir nicht wehtun«, sagte Ragnvald. Seine Augen hatten wieder einen hellen Blauton angenommen. »Aber davon kannst du dich wenigstens erholen.«

»Ich verstehe«, krächzte ich.

»Du musst daraus lernen«, warf Maddox ein. »Sonst können wir dich nicht zur Versammlung mitnehmen.«

»Ich werde daraus lernen«, versprach ich.

»Na schön«, sagte Ragnvald.

Maddox trug mich zur Höhle, legte mich hin und versorgte mich. Ragnvald hielt meine Hand, während meine Male mit Salbe behandelt wurden.

»Müsstest du schwerer bestraft werden, würden wir deine Wunden einen Tag lang nicht behandeln. Oder überhaupt nicht.«

Ich hob mir seine Hand an den Mund und küsste vor Dankbarkeit seine Knöchel.

»Süße Sabine«, murmelte er. »Du hast dich so wacker geschlagen.«

»Dafür bekommst du jetzt deine Belohnung. Eine Erinnerung daran, was dich erwartet, wenn du dich benimmst.« Behutsam schob Maddox meine Beine auseinander und hielt sie gespreizt, als ich sie zusammenpressen wollte.

»Bitte nicht ...« Ich schluckte meinen Protest hinunter.

»Willst du uns dein Vergnügen verweigern?«

»Nein, nein, Herr.« Ich spreizte die Schenkel weiter und konnte nur beten, dass sie mich nicht erneut bestrafen würden.

»Beruhig dich, Sabine. Wir sind deine Herren. Wir geben dir vielleicht nicht, was du willst, aber wir werden dir immer geben, was du brauchst.« Seine Finger bewegten sich klimpernd zwischen meinen Beinen, berührten meine Haut hauchfein.

»Sie ist bereits feucht«, sagte Maddox zu Ragnvald.

»Sie ist für uns bereit, aber wir nehmen sie nicht heute Nacht. Sie hat genug gegeben.«

»Lass dich von uns trösten.« Maddox spielte eine Weile mit meinem vorderen und hinteren Loch, bevor er mit einem Finger über meine Lustperle strich. Ich schrie auf, als das dumpfe Pochen in meinem ausgepeitschten Rücken in einen ekstatischen Schmerz umschlug. Maddox' Finger kreisten wieder und wieder um die richtige Stelle, verwandelten meinen Körper in ein Gefäß erlesener Qualen. Schmerz wurde zu Ekstase, Ekstase zu Schmerz.

»Komm, Sabine«, forderte mich Ragnvald auf, und ich zersplitterte in tausend Scherben, als ich mich stöhnend und keuchend auf den Fellen krümmte.

Maddox und Ragnvald beobachteten mich. Ihre zufriedenen Blicke befriedigten mich beinah so sehr wie mein Höhepunkt.

Dann überkam mich der Schlaf, und als ich in Dunkelheit versank, spürte ich die wohlige Gegenwart der Männer warm wie eine Decke. Sie lagen zugleich neben mir auf dem Bett und als Schatten in meinem Geist.

8

Ich erwachte stöhnend. Mein Rücken brannte wie Feuer. Maddox stand über mir, und ich schrak unwillkürlich vor ihm zurück.

Seine Hand senkte sich beruhigend auf meine Hüfte, als er mir etwas zu trinken anbot. »Du hast von mir nichts zu befürchten, Sabine. Die Bestie verlangt deine Unterwerfung, das ist alles.«

Er trug erneut Salbe auf meinen Körper auf, doch an diesem Morgen bewegte ich mich träge. Beide Krieger wirkten abwesend, wenngleich sie mich zuvorkommend und mit größtem Respekt behandelten. Ich schwieg und verhielt mich vorsichtshalber weiterhin unterwürfig. Es würde eine Weile dauern, bis die Striemen verheilten, aber sie störten mich nicht so sehr wie der Gedanke, sie könnten mich nicht mitnehmen, um Brenna zu sehen.

Später an jenem Tag brachte mir Maddox ein blaues Kleid als Ersatz für jenes, das er zerrissen hatte.

»Soll ich damit warten, es anzuziehen? Es ist ein zu schönes Kleid für jeden Tag. Aber vielleicht wäre es geeignet für die Versammlung.«

»Trag es ruhig, Sabine«, erwiderte Maddox. »Wir haben ganze Truhen voll mit Dingen für dich und deine Schwestern. Und nichts ist zu fein für dich.«

Ich biss mir auf die Unterlippe und zog mich an. Das Kleid brachte meine Haut und mein helles Haar perfekt zur Geltung.

Maddox' Augen leuchteten, als er mich sah. Als er mit einem Finger den Kragen des Kleids entlangfuhr, jagte er damit wohlige Schauder durch mich.

»Wunderschön.«

Ich wartete auf mehr von ihm, aber er wandte sich nur ab und ging davon. Mir stieg ein Kloß in den Hals.

Auch Ragnvald gefiel das Kleid, wenn ich nach dem zarten Kuss ging, den er mir gab, davon abgesehen jedoch behandelte er mich genauso zurückhaltend wie Maddox. Die Wärme, die ich in der vergangenen Nacht gespürt hatte, war verschwunden. Die Krieger zogen sich von mir zurück.

Am Feuer an jenem Abend brachte ich endlich den Mut auf, das Wort zu ergreifen.

»Wann gehen wir zu der Zusammenkunft?«, fragte ich.

»Bald«, antwortete Ragnvald. »Wir haben sie einige Tage aufgeschoben.«

»Ist es ...« Ich brachte die Worte kaum heraus. »Ist die Verzögerung meine Schuld?«

»Nein.«

Dennoch verblieben die verkniffenen Mienen in den Gesichtern der Männer. Nach dem Essen verschwand Maddox. Ragnvald blieb und starrte ins Feuer. Er hatte seine Mahlzeit nicht angerührt.

Echte Angst stieg in mir auf. Ich richtete für Ragnvald eine Schale mit Eintopf, dann kniete ich mich vor ihn hin.

»Ich unterwerfe mich jeglichen Bedingungen«, sagte ich

zu ihm. »Ich werde gehorchen. Ich werde das Halsband und die Kette tragen und kriechen, wenn es sein muss.«

»Das ist nicht nötig.«

»Bitte, gib mir einfach einen Befehl. Ich will beweisen, dass ich gehorchen kann.«

Er stellte das Essen beiseite und zog mich auf seinen Schoß. »Du hast die Bestrafung akzeptiert. Es ist vorbei. Dir ist vergeben. So verhält sich das bei uns im Rudel.«

»Was stimmt dann nicht?«

»Die Verhandlungen verzögern sich. Die Mitglieder von Brennas Rudel vertrauen uns nicht. Bei der letzten Zusammenkunft hat unser Rudel sie angegriffen. Ich hatte nicht die vollständige Kontrolle über mich, genauso wenig wie Maddox, obwohl er den Angriff angeführt hat. Wir waren verzweifelt, wollten um jeden Preis etwas, das uns retten könnte.«

»Was geschieht jetzt?«

»Sie verlangen ein Zeichen unseres guten Willens. Eine Geisel. Jemanden im Austausch.«

»Wen?«

»Mich.« Maddox kam aus dem Wald herein. »Es ist vollbracht, Alpha. Ihre Gesandtschaft ist eingetroffen und hat sich davon überzeugt, dass Sabines Schwestern gut behandelt werden. Einer von ihnen bleibt als ihr Wächter. Die anderen nehmen mich mit und kehren mit mir zu ihrem Berg zurück.«

Ich stand auf, wollte mich schon in Bewegung setzten, doch der Anblick einer Reihe stummer, fremder Krieger, die zwischen den Bäumen hervorkamen, ließ mich innehalten. Ich vergaß die Regeln des Rudels und starrte sie an. Sie wirkten besser genährt und erholt als Ragnvalds Männer, aber alle waren groß und sahen brutal aus. Ein Krieger, ein Hüne mit rasiertem Schädel, hatte eine Narbe, die quer über sein Gesicht verlief. Er ertappte mich dabei, ihn anzuglotzen, und ich dachte daran, schnell den Blick zu senken.

Maddox breitete die Arme aus, und ich trat in ihren Schutz.

»Gehören sie zu Brennas Rudel?« Ich fragte nicht, ob sie mitgekommen war. Die Krieger trugen Stiefel und Waffen, aber keine Rucksäcke, nur ihre Klingen.

»Sie wollten sich davon überzeugen, dass du gesund bist, Sabine. Und ich wollte mich verabschieden.«

Ragnvald begrüßte die Krieger, während ich mich an Maddox festklammerte.

»Wie lange wirst du weg sein?« Ich sprach mit leiser Stimme, damit niemand sonst unsere Worte hörte.

»Bis nach der Zusammenkunft.« Sein Finger streichelte meine Lippen. »Hör auf Ragnvald und sei brav.«

Ich konnte mich nicht dazu überwinden, mit ihm zu scherzen. So viel hing vom Waffenstillstand zwischen den Rudeln ab. »Werde ich.« Meine Lippen bebten unter seiner Berührung.

»Wirst du mich vermissen, kleine Hexe?«

»Nein.« Dennoch nahm ich sein Gesicht in die Hände, fuhr die kantigen Umrisse seiner Kieferpartie und seiner Wangenknochen nach und prägte mir die raue Schönheit ein, die ich anfangs nicht in seinen Zügen gesehen hatte. »Werden sie grausam zu dir sein?«

»Gut möglich. Aber das verdiene ich. Immerhin war ich grausam zu dir.«

»Nicht immer. Manchmal warst du auch freundlich.« Ragnvald und die fremden Krieger hatten ihre Angelegenheiten erledigt und beobachteten uns.

Ich wollte fragen, ob die Gefahr bestand, dass er nicht zurückkehren würde.

»Diese Männer ... Sie sehen bereit aus, Blut zu vergießen.«

»Die Gefahr besteht«, sagte Maddox, als könnte er meine Gedanken lesen. »Aber ich werde zu dir zurückkehren.« Er umarmte mich innig. »Das schwöre ich.

»Du musst das nicht tun«, flüsterte ich an seiner Brust. »Ich will es nicht.«

»Manchmal gehen wir für diejenigen, die wir lieben, ein Wagnis ein.«

Er drückte meine Hand und entfernte sich von mir. Mein Arm streckte sich ihm hinterher, als wollte ich ihn bis zum letztmöglichen Moment festhalten.

Bevor er mich loslassen konnte, umklammerte ich ihn fester und zog ihn zurück. Vor den Augen des Feinds küsste ich Maddox, grub die Hände in sein dunkles Haar. Tätowierte Arme schlossen sich um mich, drückten mich an ihn, und er übernahm, neigte meinen Kopf so zurück, dass er erobern konnte, was ihm bereits gehörte.

Ein gefühltes Leben später – obwohl es in Wirklichkeit nur ein Augenblick war – stand Ragnvald neben uns und räusperte sich. Ich ließ mich von ihm wegziehen, während Maddox davoneilte. Er warf noch den einen oder anderen fiebrigen Blick zurück zu mir, bevor die fremden Krieger ihre Ränge um ihn schlossen. So führten sie ihn davon. Der narbige Hüne wartete, bildete das Schlusslicht.

Ich gab mir keine Mühe, meinen finsteren Blick in seine Richtung zu verbergen. In dem zernarbten Gesicht zeichnete sich beinah ein Lächeln ab, bevor auch er sich umdrehte und den anderen zwischen die Bäume folgte.

∾

DAS WARTEN BEGANN. Ich versuchte, mich zu verstecken, aber ich war krank vor Sorge. Ragnvalds Stimmung besserte sich nicht. Er blieb wortlos in meiner Nähe, hielt sich stets bei mir auf wie ein Leibwächter. Gelegentlich ertappte ich ihn dabei, das Gesicht zu verziehen, als litte er Schmerzen. Er verbarg es vor mir, und abgesehen davon schien ihm nichts zu fehlen, deshalb sprach ich es nicht an.

Ragnvald und ich trieben es jede Nacht mit stummer, verzweifelter Inbrunst. Danach wickelte ich mich um seinen großen Körper, und wir lagen lange, schlaflose Stunden eng umschlungen da.

Endlich erreichte uns eine Nachricht. Mit Maddox in ihrem Gewahrsam stimmten Brennas Alphas zu, die Zusammenkunft in einer Woche abzuhalten.

Da mich Ragnvald nicht mehr aus den Augen lassen wollte, begleitete ich ihn zu allen Rudelangelegenheiten. Ich gewöhnte mich an das Halsband und die Kette, aber es dauerte nicht lang, bis Ragnvald auf den Marsch zum Stein-kreis verzichtete und seine Audienzen in unserer Höhle abhielt. In dem zwanglosen Umfeld durfte ich meiner Arbeit nachgehen, solange das Rudel meinen Freiraum respektierte und ich niemanden unverhohlen heraus-forderte.

Ich suchte gerade am Bachufer nach Kräutern, als ich selbst Besuch erhielt – von einer Frau in einem schlichten grünen Kleid, das im frühmorgendlichen Licht irgendwie schimmerte. »Das also ist die Gefährten des großen Ragn-vald«, murmelte sie beinah so, als spräche sie mit sich selbst.

Ragnvalds Stimme drang zwischen den Bäumen zu uns. Für den Fall drohender Gefahr befand er sich in Rufweite. Die Frau trug keine ersichtlichen Waffen, wenngleich mir etwas an ihrer hochmütigen Ruhe verriet, dass sie keineswegs wehrlos war.

»Hallo, kleine ... Wie nennt er dich noch mal? Kleine Hexe?«

Mir wurde bewusst, dass ich den Wendelring um meinen Hals streichelte, und ich ließ die Hand sinken. »Maddox ist der Einzige, der mich so nennt.«

»Und bist du es?«

»Was?«

»Eine Hexe?«

»Nein.« Ich ließ alle Höflichkeit fahren. Immerhin brachte die Frau auch mir keine entgegen. »Warum? Bist du eine?«

Sie lächelte, was ich eher als furchteinflößend denn als freundlich empfand. »Ja.« Die Frau lachte über meinen Gesichtsausdruck.

Ich hielt Ausschau nach Ragnvald und den Kriegern, mit denen er sich getroffen hatte, aber das Unterholz schien um die Fremde und mich herum höher gewachsen zu sein.

»Wir sind allein, meine Liebe«, gurrte die Frau. »Aber wenn es dir lieber ist ...« Sie schwenkte eine Hand, und plötzlich hörte ich Stimmen im Wind. Ragnvald klang, als wäre er nur wenige Schritte entfernt.

»Er ist nicht weit weg. Und er vertraut mir.«

»Wer bist du?«, fragte ich und spürte Eifersucht wie Säure im Magen. Sie war wunderschön, wenngleich auf eine kalte, übernatürliche Weise. Wie ein Sturm in der Ferne. Oder wie ein Adler im Vergleich zu einer Ameise. Es gefiel mir nicht, mich wie die Ameise zu fühlen.

»Ich bin Yseult. Komm.« Sie setzte sich auf einen Stein und klopfte auf die freie Stelle neben ihr. »Ich möchte mit dir reden. Du scheinst mir wesentlich interessanter zu sein als deine Schwester.«

Ich setzte mich. »Welche Schwester?«

»Brenna natürlich.«

»Du hast sie gesehen?«

»Meine Liebe, ich bin diejenige, die den Berserkern von ihr erzählt hat.«

Scharf atmete ich ein. »Du hast ihnen die Prophezeiung verkündet.«

»Ich werfe Runen. Ja. Ich habe Brennas Gefährten von ihr erzählt. Ich war nicht die Erste, die Maddox und Ragnvald von eurer Existenz erzählt hat, aber vermutlich die Erste, die sich ihrer erbarmt und ihnen verraten hat, wo sie euch finden können.«

Meine Welt schrumpfte auf die verzaubernde Frau vor mir. Hier saß meine wahre Feindin. Obwohl ich Wut empfinden sollte, wollte alles in mir nur ihrer Schönheit huldigen und ihr dienen. Ich umklammerte den Stängel der Pflanze in meiner Hand, bis die Dornen durch die Haut drangen. Der Schmerz verhalf mir zu einem klaren Kopf.

Yseults Blick auf meine Faust verriet mir, dass es ihr nicht entging. Ihr Lächeln vermittelte mir Anerkennung.

»Also habe ich dir zu verdanken, dass mein Leben ruiniert ist«, sagte ich.

»Dass dein Leben ruiniert ist? Nein. Dass du deine Bestimmung gefunden hast, ja. Das hast du mir zu verdanken.«

»Du weißt nicht, ob das meine Bestimmung ist.«

»Du aber auch nicht. Es sei denn, du gibst zu, Macht zu besitzen.«

»Die Berserker glauben, ich hätte welche«, erwiderte ich ausweichend.

»Etwas mehr als manche. Aber viel weniger als ich.«

Und plötzlich hatte ich genug von ihrem Hochmut.

»Meine Schwester und ich besitzen die Macht, die Berserker zu heilen.«

»Deine Schwestern sind *Holzmouwas*. Gar nicht so selten, wie man meinen möchte, aber nur wenige wissen, was sie sind. Ihr lebt wie gewöhnliche Menschen mit einem Hang zu Kräutern und Heilkunde. Eure Macht ist eine tiefere, subtilere Magie.«

»Bei Vollmond werden wir brünstig.«

»Ach ja, die Brunst. Ich glaube, das ist eine Reaktion auf die Berserker. Sie wird stärker, je länger sie verleugnet wird, und ruft nach den wahren Gefährten einer Frau, bis sie kommen und Anspruch auf sie erheben.«

Ich schnaubte.

»Glaubst du mir nicht?«

»Ich weiß, dass es wahr ist.« Ich seufzte.

»Du wünschtest, es wäre nicht so.«

Das leugnete ich nicht.

»Ich habe eine Theorie.« Yseult rutschte neben mich und zog die Füße unter ihre Röcke, als wären wir Mädchen, die sich über den Mittsommermarkt unterhielten, nicht eine Hexe und eine Berserker-Gefährtin, die über Magie sprachen. »Die Bestie, die sich von der Berserker-Raserei ernährt, genießt Lust. Verstehst du, auf der einen Seite ist da der Wolf, und er ist natürlich und friedlich, solange er das Rudel und seinen Platz darin hat. Dann ist da noch der Mann. Männer können von allen möglichen Leidenschaften beherrscht werden, aber die können diese Krieger kontrollieren. Was sie nicht kontrollieren können, ist die Bestie.«

»Was ist die Bestie?«

»Hunger. Durst. Reines Verlangen. Ähnlich dem, was du während des Vollmonds erlebst.«

Dazu schwieg ich.

»Stell dir diese Qualen jeden Tag vor. Tausendfach verstärkt und über ein Jahrhundert ausgedehnt.«

Ich kämpfte gegen den Drang an, das Gesicht in meinen Röcken zu verbergen. »Das kann ich nicht.«

»Natürlich nicht. Sie können es auch nicht. Deshalb werden sie ja wahnsinnig.«

»Aber das kann jetzt nicht mehr passieren, richtig?«

»Nicht, wenn du dich ihnen nicht vorenthältst. Deine Mondlust und ihr Mondwahnsinn ...« Sie flocht die Finger ineinander.

»Wir ergänzen uns. Das weiß ich.«

»Warum kämpfst du dann dagegen an?«

»Haben sie dich aufgefordert, mit mir zu reden?«

»Deine Alphas? Nein. Aber nur, weil sie sich davor scheuen, mich in deine Nähe zu lassen.« Ihr Lächeln fühlte sich furchteinflößend an.

»Bist du eine solche Bedrohung?« Ich achtete auf einen unbekümmerten Ton.

»Natürlich bin ich das, aber nicht für dich. Ich habe es dir ja schon gesagt – ich finde dich interessant. Deshalb wollen deine Männer nicht, dass wir uns treffen. Ich will dir nichts tun. Ich will dich unterrichten.«

Das verschlug mir einen Moment lang die Sprache. »Warum?«

Ihre zierlichen Finger spielten mit meinem Haar, wie es Maddox oft tat. Beide verhielten sich, als gehörte ich ihnen. Aber während seine Berührung bewundernd war, empfand ich die ihre als herablassend, als wäre ich ein hübsches Haustier, von dem sie sich vorübergehend unterhalten ließ. »Frauen wahrer Macht sind so schwer zu finden.«

Ich erhob mich von dem Stein, um zu verhindern, dass sie mich berührte. »So viel Macht besitze ich nicht.«

»Noch nicht. Du willst ja nicht einmal deine Bestimmung annehmen.«

»Das ist nicht meine Bestimmung.« Ich deutete auf den Wald und in die Richtung der Höhle.

»Ach, und was ist sie dann? In einem Dorf der Menschen versauern und auf den Tag warten, an dem ein Priester erkennt, dass dein Einfluss ihm den seinen streitig macht, und er beschließt, dass du brennen musst? Willst du irgendeinen Grobian heiraten, um dich von ihm beschützen zu lassen? Seine Kinder austragen und dich von ihm verprügeln lassen, bis er stirbt und du dich dem Trinken zuwendest? Das war das Leben deiner Mutter.«

Eine Faust legte sich um mein Herz und drückte zu. »Ich gestalte meinen eigenen Weg.«

»Wirklich? Du bist nicht frei von den Fesseln, die uns alle aneinanderbinden – genauso wenig wie ich. Freiheit ist eine Illusion.«

»Mein Großmutter war frei.«

»Ja, und sie ist gestorben. Als Landstreicherin, allein.«

»Rätst du mir, als Gefährtin dieser Männer zu bleiben?« Ich achtete auf einen ruhigen Ton. Auch wenn ich sie am liebsten geschlagen hätte, es wäre nicht klug, eine Frau von solcher Macht zu beleidigen. So sehr ich meinen Gedanken und verwirrten Gefühlen Ausdruck verleihen wollte, ich wollte nicht, dass sich eine Hexe einmischte. Ich hatte gehofft, mit Brenna darüber reden zu können, immerhin hatte sie die ganze Zeit als Gefangene der Berserker gelebt. »Du hast gesagt, du willst mich unterrichten. Warum?«

»Macht gebiert Macht.«

Ich richtete einen eindringlichen Blick auf die Hexe, allerdings auf ihr Gesicht und nicht auf die Augen, falls sie mich durch sie verzaubern könnte.

Yseult seufzte, wohl, weil sie ahnte, dass ich nichts

sagen würde, bis sie mir eine bessere Antwort lieferte. »Es braut sich ein Krieg zusammen, den nur Berserker bestreiten können, und ich habe darin eine Rolle zu spielen. Dafür werde ich jede Hilfe brauchen, die ich bekommen kann.«

Ich achtete nicht auf das Kribbeln, das mir bei ihren Worten über den Rücken kroch. Sie sagte die Wahrheit. Meine Instinkte bestätigten es.

»Wenn du bleibst, wird deine Macht wachsen. Du bist jetzt schon stärker. Deine Mondlust dämpft ihren Mondwahnsinn.«

Ich legte die Stirn in Falten und hatte das Gefühl, dass ihre Worte der Wahrheit entsprachen.

»Und dann sind da noch die Bestrafungen.« Yseult leckte sich die Lippen. »Die hübschen Peitschen und Ketten deiner Gefährten.«

Ich versteifte den Körper. »Was ist damit?« Es brachte mich zutiefst in Verlegenheit, dass sie darüber Bescheid wusste.

»Nun ja, Schmerz verstärkt Magie. Ist dir das nicht aufgefallen?«

War es nicht, also schwieg ich.

»Alle Magie erfordert Opfer, um die Götter zu besänftigen. Eine Hexe wie ich braucht nur ein wenig Schmerz. Einen Spatz, eine Maus, vielleicht auch mal eine Ziege.«

Mein Magen krampfte sich zusammen. Sie sprach von Tieropfern, und nicht von einem schnellen, sauberen Tod. Von Folter.

»Es gibt auch Menschenopfer – aber die sind nur für die dunkelsten Künste erforderlich.«

»Meine Schwestern und ich würden niemals ...«

»Ich weiß, ich weiß.« Yseult schwenkte wegwerfend eine Hand. »Strauchhexen wie du und deine Schwester sind eine andere Gattung. Euer Schmerz und eure Opfer entstammen einer anderen Quelle.«

»Welcher Quelle?«

»Euch selbst. Ihr gebt euch Schmerz hin. Deshalb verehren diese Berserker euch so. Ihre Bestie dürstet nach Gewalt. In Kriegszeiten unterwerfen sie Armeen. In Friedenszeiten ...«

»Unterwerfen sie mich«, beendete ich den Gedanken nüchtern. Wir mussten nicht über all die verschiedenen Arten reden, auf die mich Maddox und Ragnvald in unser kurzen gemeinsamen Zeit schon unterworfen hatten. Oder wie sehr ich es genossen und geradezu darum gebettelt hatte.

Yseult nickte knapp.

»Und meine Unterwerfung lässt Macht entstehen?«

»Deine Unterwerfung *ist* Macht. Aber ja. Ein Päckchen deiner Kräuter würde mittlerweile ein ganzes Dorf heilen.«

Ihre Augen muteten seltsam an, gelb mit einer grünen Schliere. Ich fragte mich, wie ich sie je für menschlich halten konnte.

»Warum erzählst du mir das?«

»Ich möchte helfen.«

»Ich will nach Hause zurückkehren.«

»Dann verlang es. Diese Wölfe werden dir alles geben.«

Alles, hatten sie in meinem Traum gesagt, *außer das.*

»Weißt du es denn nicht, Sabine?« Yseult stand auf und kam mit einem Hüftschwung auf mich zu, bei dessen Anblick mein Mund trocken wurde. Ich hatte noch nie zuvor eine Frau begehrt, aber bei ihrem Anblick regten sich in mir verbotene Gefühle ... verschiedener Art. »Sie sind mehr als ein bisschen verliebt in dich.«

»Ich wünschte, die Dinge könnten wieder so werden, wie sie früher waren.« Dieses verworrene Durcheinander widerstrebte mir zutiefst. Die Rudelpolitik erschien mir noch tödlicher und gefährlicher als die Querelen der Menschen.

Es braut sich ein Krieg zusammen, den nur Berserker bestreiten können, und ich habe darin eine Rolle zu spielen.

»Wirklich?« Yseult legte mir eine Hand auf die Schulter. Ich wagte nicht, mich ihr zu entziehen.

»Deine Macht wächst ... und ist so verführerisch. Kein Wunder, dass diese Kriegerwölfe nicht genug von dir bekommen.«

Ihre Nägel bohrten sich in meine Haut und weckten mich wie zuvor die Dornen.

Ich blinzelte, und der Bann war gebrochen. Gewöhnliche Augen starrten mich aus einem gewöhnlichen Gesicht an. Mir wurde bewusst, dass Yseult und ich uns ähnlich sahen. Blondes Haar und haselnussbraune Augen, während all meine Schwestern dunkleres Haar besaßen.

Ich trat einen Schritt zurück.

»Ich werde Ragnvald und das Rudel heilen. Das ist alles, was sie verlangen. Danach kehren meine Schwestern und ich ins Dorf zurück und leben wieder so, wie wir es immer getan haben.«

NACHDEM DIE HEXE GEGANGEN WAR, saß ich da und starrte eine lange Weile ins Feuer.

»Sabine?«

Hinter mir raschelte es, doch ich rührte mich nicht einmal, als sich Ragnvalds Hand auf meine Schulter senkte. Ich zuckte zusammen, spürte jedoch keinen Schmerz von Yseults Griff. Ich hatte die Stelle auf verletzte Haut untersucht und nichts gefunden.

»Sabine, geht es dir gut?«

Ich nickte und ließ seine Musterung über mich ergehen.

»Ich wusste nicht, dass sie zuerst zu dir gegangen ist. Sie hat es mir erst gesagt, bevor sie verschwunden ist.« Nachdem er mich zu Ende untersucht hatte, wirkte er erleichtert. Er hob mich in seine Arme und trug mich zurück zur Höhle.

Nachdem er Holz im Feuer nachgelegt hatte, kam er zu mir, setzte sich hinter meinen Rücken und legte die Arme um mich. Er schwieg, bis ich mich entspannte und an seine Brust lehnte.

»Wovon haben du und Yseult gesprochen?«

»Magie. Macht.«

Sein Lachen hauchte an mein Ohr. »Von solchen Dingen spricht sie gern.«

»Sie hat gesagt, meine Macht wächst. Und dass Hexen wie sie ihre Opfer den Göttern darbringen, ich hingegen mein eigenes Opfer bin.«

»Du hast viel für uns geopfert. Wir stehen für immer in deiner Schuld.«

Ich drehte mich auf seinem Schoß herum, sah ihn an.

»Sind wir in Sicherheit?«

»Vor Brennas Rudel? Oder vor der inneren Bestie?« Ragnvald fuhr fort, bevor mir eine Möglichkeit einfiel, ihm mitzuteilen, dass mir beides Sorgen bereitete. »Meine Bestie ist so gut wie gezähmt, Kleines. Und Brennas Rudel ... Wir beschreiten einen schwierigen Pfad, aber er führt zu Frieden.«

Ich legte die Hand auf seine so makellose Wange, wunderschön und blass, als hätten die Götter selbst sie aus Marmor gemeißelt.

Yseult hatte von einem Krieg gesprochen, den nur die Berserker gewinnen konnten, einem Krieg, in dem sie eine

Rolle zu spielen hatte. Wollte sie andeuten, dass sie nicht gewinnen könnten, wenn ich meinen Platz als Gefährtin meines Alphas nicht akzeptierte?

So oder so: Wenn ich ginge, musste ich mich damit abfinden, dass ich diese Männer auf die eine oder andere Weise verlieren würde. Es war eine Sache, Liebe zu verschmähen, eine andere jedoch, sie für immer zu verlieren.

Da ich die Schönheit des Wikingers nicht länger ansehen konnte, lehnte ich mich wieder zurück in seine Umarmung und ließ mich einfach von ihm halten.

»Glaubst du, er ist in Sicherheit?«

Ragnvald seufzte. »Er hat es nicht wirklich gemütlich, aber er lebt. Kannst du ihn nicht fühlen?«

Ich schloss die Augen, und als ich mich konzentrierte, rührte sich eine Gegenwart in meinem Herzen. Wie mein Wissen, dass Brenna noch lebte, nur ausgeprägter.

Maddox, dachte ich, und die Gegenwart erstarkte. *Yseult behauptet, ich besitze Kräfte.*

Ich konnte sein Grinsen beinah vor mir sehen. *Habe ich dir doch gesagt, kleine Hexe.*

Eine Brise wehte über das Feuer und brachte die Asche zum Tänzeln. Zusammen beobachteten Ragnvald und ich, wie die Flocken dem Mond entgegenstiegen. Wir rührten uns nicht. In dieser Nacht brauchten wir beide Trost.

»Er fehlt mir.«

9

Wir brauchten einen Tag für den Marsch zum Thing, und es hätte länger gedauert, aber als ich müde wurde, hob mich Ragnvald einfach in seine Arme und rannte los. Als der Wald an mir vorbeiraste, erhaschte ich flüchtige Blicke auf Krieger zu unseren beiden Seiten. Sie trugen Äxte und Speere und reisten genauso schnell wie wir. Als Ragnvald stehen blieb, bildeten sie einen losen Kreis um uns. Die meisten trugen nur Lederhosen, während die Oberkörper nackt waren. Ein paar hatten sich Wolfsfelle über die Schultern gehängt. Einige hatten überhaupt ihre Wolfsgestalt angenommen.

Ich ließ die Augen gesenkt und wartete darauf, dass mir Ragnvald die Leine anlegte, doch er holte nur einen Lederstreifen hervor und wickelte ihn mir ums Handgelenk. »Diese Wölfe sind zivilisierter«, erklärte er mir. »Genau, wie es unser Rudel dank dir mittlerweile ist.«

Er hielt zwar das Ende des um mein Handgelenk befestigten Lederriemens, also trug ich trotz allem in gewisse Weise eine Leine, aber es war nicht so demütigend.

»Die anderen Regeln gelten nach wie vor«, warnte er

mich, und ich nickte, konnte es kaum erwarten, ihm zu beweisen, dass ich mich benehmen konnte. Eine trotzige Handlung, ein Fehltritt, und ich würde vielleicht den brüchigen Frieden zwischen den Rudeln gefährden.

Ragnvald führte mich auf eine Lichtung mit stehenden Steinen, die stark an den Kreis erinnerten, den seine Männer an der Küste errichtet hatten. Jeder Stein ragte doppelt so hoch auf wie ich und war dreimal so dick. Als ich unter einem Tor aus drei Steinplatten hindurchschritt, wurde mir klar, dass Berserker diese Formationen errichteten. Diese Steine würden für Jahrhunderte stehen und Zeugnis von der übernatürlichen Stärke des Rudels ablegen.

Das andere Rudel erwartete uns an einem großen Feuer in der Mitte des Steinkreises. Die Flammen warfen Schatten auf die Gesichter. Der Mond steuerte sein silbriges Licht bei.

Ein bedrückendes Gefühl überkam mich, als wir dem feindlichen Rudel gegenübertraten – man konnte spüren, wie böses Blut zwischen den Gegnern schwer in der Luft lag.

Ich folgte Ragnvald in einer dichten Gruppe von Kriegern. Drei feindliche Krieger lösten sich aus der Masse grimmiger Wölfe, um uns zu begrüßen.

In der angespannten Stille blieb Ragnvald wenige Meter vor dem sich nähernden Dreiergespann stehen. Sie schienen auf etwas zu warten. Niemand sprach ein Wort. Mein Körper fühlte sich so gespannt an, dass ihn vermutlich die geringste Berührung zum Zerreißen gebracht hätte. Wenn das gegnerische Rudel angriffe, würden wir bestimmt alle sterben.

Nach einem Nicken zu den drei Anführern trat Ragnvald beiseite und offenbarte mich dem anderen Rudel.

Sofort legte sich die erstickende Schwere, und ich

konnte wieder atmen. Mein Rückgrat versteifte sich, als mich jeder Wolf auf der Lichtung eingehend musterte. Der vorderste feindliche Krieger, hellhäutig und blond wie Ragnvald, allerdings deutlich breiter und nicht so groß, trat mit einem freundlicheren Ausdruck im bärtigen Gesicht vor.

»Sei gegrüßt, Ragnvald von Norwegen.«

～

DIE ERSTE RUNDE der Besprechungen bei der Zusammenkunft endete kurz nach Aufgang des Monds. Brennas Berserker wandten sich nicht direkt an mich.

»Aus Respekt vor mir«, erklärte mir Ragnvald, sobald wir den Steinkreis verlassen hatten. »Morgen treffen wir uns allein mit den Alphas, und es wird weniger förmlich zugehen. Dann werden sie dir gestatten, Brenna zu sehen. Soweit ich weiß, geht es ihr gut, aber ihre Gefährten haben einen ausgeprägten Beschützerinstinkt.«

»Gefährten?«

»Die beiden Alphas, mit denen wir uns getroffen haben.«

»Der Blonde und der Dunkelhaarige?«, riet ich. Beim dritten Anführer musste es sich um den narbengesichtigen Krieger mit dem rasierten Kopf handeln. Wulfgar hatten sie ihn genannt. Er war ein Wikinger wie Ragnvald und die meisten der Wölfe, abgesehen von Maddox.

Wulfgar hatte uns zu der Unterkunft geführt, in der Ragnvald und ich die Nacht verbringen konnten. Der Rest des Rudels hatte ein eigenes Lagerfeuer. Das Licht zeichnete sich flackernd durch die Bäume ab, und als wir uns dem Zelt näherten, hörte ich freudig klingenden Lärm – eine Art Trinkspruch.

»Wir wissen eure Gastfreundschaft zu schätzen«, sagte Ragnvald zu Wulfgar.

Der zernarbte Hüne lächelte. »Wir heißen alle willkommen, die uns in Frieden aufsuchen.«

»Heute Nacht trinken wir auf den Frieden, morgen besiegeln wir ihn.«

Wulfgar neigte dazu nur das Haupt.

Ein fein gewebter Teppich verlief zwischen zwei Fackeln zum Zelteingang. Bevor ich eintreten konnte, kam Maddox heraus.

Sein Gesicht wirkte schmaler, um die Augen prangten mehr Schatten, aber sein Körper war unverändert stark und mühelos in der Lage, mein Gewicht aufzufangen, als ich losrannte und ihm in die Arme sprang. Als mich Maddox hineintrug und die Zeltklappe zufallen ließ, hörte ich Ragnvald hinter uns kichern.

Drinnen küsste mich Maddox derart leidenschaftlich, dass ich wusste, ich würde mich am nächsten Tag wund auf den Lippen fühlen.

»Bitte«, sagte ich und kämpfte mich bereits aus meinem edlen Kleid. Reißen durfte es nicht, weil ich es für morgen brauchte, aber ich musste Maddox berühren, musste die nackte Haut an ihn pressen.

Sobald er sich seiner Hose entledigt hatte, schmiegten wir uns aneinander.

Maddox' Finger bohrten sich in meine Hüften, als er mich so in Position brachte, wie er mich haben wollte. »Sabine, ich will ... Ich kann nicht zärtlich sein ...«

»Dann sei es nicht ...« Ich brandete gegen seine Lippen und schnappte nach Luft, als mich sein harter Schaft pfählte. Meine Beine hakten sich um seinen Rücken, spornten ihn an, die Bewegungen zu beschleunigen. Mein Körper dehnte sich um ihn und begrüßte das Brennen.

Danach lag ich in seinen Armen, fuhr die Muster seiner Tätowierungen nach und prägte mir ihre schattigen Tiefen ein.

»Wann sind die eigentlich entstanden?«, fragte ich, während ich seine bemalte Haut streichelte. »Ich dachte, die Körper von Berserkern heilen so schnell. Hast du sie bekommen, bevor oder nachdem du ... verwandelt worden bist?«

»Ich bin mit dem Fluch eingeschlafen, und als ich aufgewacht bin, war ich gezeichnet.«

Er schien rundum zufrieden damit zu sein, unter mir zu liegen und meine beruhigenden Berührungen zu genießen. Die dunklen Ringe unter seinen Augen hatten sich aufgehellt. Ich fragte mich, was für Narben seine schnell heilende Haut verbarg.

»Haben sie dich verletzt?« Wir hatten noch nicht vom anderen Berserker-Rudel gesprochen.

»Nicht dauerhaft. Sie haben sich von meinem Körper genommen, was ich ihnen schuldig war, aber nicht so viel, dass ich es nicht ertragen konnte.«

Ich erinnerte mich an Ragnvalds gequält verzogenes Gesicht am Feuer. »Ragnvald hat die Schmerzen für dich übernommen, nicht wahr?«

Die Antwort lieferte mir Maddox' Schweigen.

Ich bettete den Kopf auf seine Brust und atmete scharf ein, als mir zornige Tränen in die Augen traten. »Ich hätte nie zulassen sollen, dass sie dich mitnehmen.«

Seine Hand streichelte mein Haar. »Ich wäre so oder so gegangen. Du hättest mich nicht aufhalten können. In Wirklichkeit sind sie sanfter mit mir umgesprungen, als sie es getan hätten, wenn sie nicht gesehen hätten, wie wir uns geküsst haben. Gib's zu, Hexe, dir liegt etwas an mir.

»Wolf.« Mein Ton wurde schärfer, aber ich meinte es nicht so. »Du vergisst deinen Platz.«

»Genau wie du.« Er ertastete den Lederriemen, den Ragnvald als meine Leine benutzt hatte, und wickelte ihn um seine Hand, bis ich eng an ihn gebunden war. »Der ist nämlich unter mit, wo du dich um meine Männlichkeit kümmern solltest.«

Ich verdrehte die Augen, und einfach so verschwanden meine Tränen.

»Du hast mir auch geholfen«, fügte er in ernsterem Ton hinzu.

»Wann?«

»Als du die Sinne zu mir entsandt hast. Ich habe dich gehört.« Er tippte sich an die Schläfe. »Hier. Dadurch und durch das Wissen, dass du auf mich gewartet und mich vermisst hast ... hätte ich jede Folter überleben können.«

»Du hast mich wirklich gehört?«

Er nickte.

»Also teilen wir eine Verbindung? Ist das zwischen einer Frau und einem Wolf überhaupt möglich?«

»Nicht mit jeder Frau.« Er rollte ich herum, bis ich mich unter ihm befand und das Spiel der Muskeln seiner Arme genoss, mit denen er sich über mir abstützte. »Ich habe von diesen Berserkern viel gelernt. Die Mondgöttin blickte einst auf die Erde herab und sah, dass sich ihre Kinder – die Wölfe – zu langsam vermehrten, um ihre Rudel aufzufüllen. Deshalb gab sie ihren Priesterinnen den Zauber der Verwandlung, aber die Magie wurde für Böses benutzt und dadurch verunreinigt. Also pflanzte sie ihre Magie tief ins Herz ihrer hingebungsvollsten Priesterinnen, die ein reines Herz besaßen. Sie können sich mit Wölfen paaren und die Bestie zähmen.«

»*Holzmouwas*«, sagte ich.

»Ja. Sie sind die schönsten und sanftmütigsten aller Frauen. Gefügig, unterwürfig, gehorsam.«

»Dann solltest du dir eine dieser Frauen suchen«, gab ich scharf zurück und drückte gegen seine Schultern. »Sie wird eine wunderbare Gefährtin für dich und Ragnvald abgeben.«

Er lachte und ließ mich nicht entkommen, sondern hielt mich fest und ... stellte Dinge mit mir an. Ragnvald kam vom gemeinsamen Trinken am Feuer herein und ergänzte unser Beisammensein um seine beschwipste Feierstimmung. Am Himmel graute bereits der Morgen, als wir letztlich befriedigt voneinander wurden, als ineinander verschlungenes Gewirr dalagen und eindösten.

»Wir werden keine andere suchen«, murmelte Maddox und schmiegte sich an meinen Hals. »Wir haben die Frau, die wir wollen.«

Zu DRITT GINGEN WIR LOS, um uns mit Brenna und ihren Gefährten zu treffen, und hielten uns dabei an den Händen. Ich fühlte mich ein wenig nervös, als wir den Gebirgspfad hinaufwanderten, doch das konnte durchaus an den bohrenden Blicken all der versammelten Wölfe liegen. Die Hochland-Berserker hatten vor der Höhle, in der wir zusammentreffen sollten, dreifache Bewachung postiert.

»Als wir das letzte Mal gekommen sind, um Brenna zu sehen, wollten wir sie rauben«, murmelte Maddox. Weder ihn noch Ragnvald schienen die finsteren Blicke der Mitglieder des anderen Rudels zu stören. Oder falls doch, ließen sie es sich nicht anmerken.

Ich sah die beiden scharf an, und Maddox verzog das Gesicht. »Wir waren verzweifelt, kleine Hexe.«

»Die Dinge haben sich geändert.« Mit einer Hand an meinem Rücken führte mich Ragnvald in die Höhle. Zwei große Krieger – die zwei fremden Alphas, die ich von der Zusammenkunft vergangene Nacht erkannte – erwarteten uns. Einer saß auf einem großen Stein, so behauen, dass er wie ein Thron anmutete. Der andere stand wie ein Wächter neben ihm, die Hand an seiner Waffe. Sonst befand sich niemand in der Höhle.

Einen Moment lang beseelte mich Furcht – konnte das ein Hinterhalt sein? Ich spürte, wie meine zwei Alphas neben mir die Körper versteiften. Dann jedoch trat hinter dem Thron eine Frau hervor – groß, dunkelhaarig, mit gelassenen Zügen und Narben am Hals. Brenna.

Ich konnte nicht verhindern, dass ich ungestüm auf sie zu rannte, und sie tat es mir gleich. Wir scherten uns um kein Protokoll.

Zum Glück gingen uns die Krieger aus dem Weg.

Tränen sickerten mir aus den Augen, als ich sie umarmte. Sie roch nach Erde und Gewürzen, nach dem Berg und ihrem eigenen, mir vertrauten Duft.

»Ich habe gewusst, dass du lebst«, flüsterte ich ihr ins Ohr, und sie zog sich von mir zurück, um mir einen Schmatz auf die Wange zu drücken.

Ich bemerkte ihren Bauch zwischen uns. Wir lösten uns voneinander, und ich betrachtete ihre üppige Figur. Ich war so begeistert darüber gewesen, meine Schwester wiederzusehen, dass es mir zuerst gar nicht aufgefallen war.

»Schwanger?« Ich bediente mich der Hände und unserer persönlichen Zeichensprache, die wir als Kinder erfinden mussten, nachdem ihr der Angriff des Wolfs die Stimme geraubt hatte.

Ja, antwortete sie in Zeichensprache. *Meine Gefährten.*

Errötend nickte sie in Richtung der zwei Krieger hinter ihr. Zu meiner Überraschung verneigten sich beide vor mir.

Meine eigenen Krieger rückten nah genug, dass ich ihre Wärme spürte.

»Wie kann das sein?«, fragte Ragnvald mit unverhohlenem Interesse in der Stimme.

»Die *Holzmouwas* können sich mit Wölfen paaren«, sagte Daegan.

»Ob daraus Menschen oder Welpen entstehen, bleibt abzuwarten«, fügte Samuel hinzu, und ich erkannte einen Anflug von Besorgnis in seiner Stimme, obwohl er uns gegenüber keine Schwäche zeigen wollte.

Brennas breites Lächeln strafte jede Furcht Lügen. Ihre Gefährten traten vor und küssten sie nacheinander, bevor sie meine Alphas begrüßten.

Ich schluckte den Kloß in meinem Hals hinunter.

»Geht es dir gut?« Beim letzten Wort zitterte meine Stimme.

Mehr als gut, antwortete sie in Zeichensprache. *Ich bin glücklich.*

BRENNAS GEFÄHRTEN SORGTEN SO GUT es ging dafür, dass wir uns wohlfühlten. Nach der Begrüßung führten sie uns in eine andere, tief in den Berg gehauene Kammer mit einem langen, für ein Festmahl gedeckten Tisch. Ragnvald und Samuel nahmen die besten Plätze an den gegenüberliegenden Kopfenden des Tischs ein, während sich Maddox und Daegan wie Wachen in der Kammer postierten. Brenna und ich saßen nebeneinander und schenkten ihnen keine Beachtung.

Was ist passiert, als du entführt worden bist?, fragte ich in unserer geheimen Zeichensprache.

Zuerst hatte ich Angst, aber sie waren freundlich zu mir.

Je eingehender ich meine Schwester musterte, desto klarer wurde mir, dass ihre leuchtenden Wangen und das Funkeln in ihren Augen nicht nur von dem Kind herrührten, das sie im Leib trug. Sie hatte es mir ja bereits gesagt: Sie war glücklich. Darüber hinaus war sie in diese Männer verliebt. Offensichtlich blühte sie in ihrer Obhut förmlich auf.

Nachdem sich Brenna meine Geschichte angehört hatte, erkundigte sie sich nach den Zwillingen. Sie wusste bereits, dass unsere Mutter und unser Stiefvater tot waren.

Meine Männer haben es mir erzählt, ließ sie mich wissen. *Sie schützen mich, verheimlichen mir aber nicht die Wahrheit. Jedenfalls nicht lange.* Sie lächelte – ein verstohlenes Lächeln, das die Gesichter ihrer Geliebten widerspiegelten.

Sabine, was ist?

»Ich bin einfach so froh darüber, dass du am Leben bist. Du hast mir gefehlt«, brachte ich heiser heraus.

Brenna legte mir eine Hand aufs Bein, und da wusste ich, dass es mir nicht gelungen war, sie zu täuschen. Ich hüllte mich in Schweigen, wenngleich ich mich zwang, ein Lächeln im Gesicht zu behalten. Mir war nicht bewusst gewesen, wie sehr ich mir eine Verbündete unter den Berserkern gewünscht hatte.

Ich wartete, bis das Essen endete und sich die Krieger auf eine Seite der Kammer zurückzogen, um sich zu unterhalten, wodurch wir einigermaßen unter uns waren.

»Ich verstehe das nicht«, gestand ich schließlich. »Wie kannst du hier glücklich sein?«

Ich lebe aus einem Grund, erfülle einen Zweck. Als sie die Narben an ihrem Hals berührte, zog sich mir vor Verblüf-

fung alles zusammen. Früher hatte Brenna die Rückstände
ihrer Wunden, die Erinnerung an den Angriff nie zur
Kenntnis genommen. *Ich habe auf meine Bestimmung gewartet. Ich habe auf sie gewartet.*

Sie wirkte so zufrieden, dass ich den Blick von ihr
abwandte und ins Feuer starrte.

»Sie haben mich entführt«, wollte ich beginnen, die
Sünden meiner Berserker aufzuzählen, aber Brenna unterbrach mich mit einer wegwerfenden Geste ihrer Hand.

Unser Stiefvater hat mich verkauft, teilte sie mir in
Zeichensprache mit. *Davor hat er mich missbraucht. Ich habe
dafür gesorgt, dass er euch nie auf dieselbe Weise verletzen würde.*

In dem Moment begriff ich, dass sie seinen Tod verlangt
hatte und die Berserker ihrem Wunsch nachgekommen
waren.

*Sie haben mir alles gegeben, worum ich gebeten habe, und
mehr.* Ihre Bewegungen wirkten anmutig, fließend und
leidenschaftlich.

»Du hättest zu uns zurückkommen können.«

Ich habe ihnen das Versprechen gegeben zu bleiben. Brenna
hielt inne und schüttelte den Kopf. *Selbst wenn ich gehen
könnte, würde ich es nicht tun.*

»Warum nicht?«

Ich bin verliebt. Damit ergriff sie meine Hand und
drückte sie, zwang mich, sie anzusehen.

*Sabine. Findest du es nach allem, was wir durchgemacht
haben, wirklich so furchteinflößend, sich zu verlieben?*

10

Während der Reise zurück nach Hause schwieg ich. Die Männer ließen mich in Ruhe, nachdem sie mir versichert hatten, meine Schwestern würden wiedervereint werden. Sie dachten, ich wäre traurig wegen unseres Abschieds, tatsächlich jedoch verspürte ich Erleichterung. Ich hatte mit einer Verbündeten in meinem Zorn, in meinem Kampf gegen meine Gefühle gerechnet. Aber es sah Brenna ähnlich, sich mit ihrem Schicksal im Leben abzufinden und das Beste daraus zu machen. Dadurch empfand sie einen so tiefen Frieden.

In meinen eigenen Gedanken hingegen herrschte Aufruhr.

Als wir uns der Höhle näherten, blieb ich unvermittelt stehen.

»Sabine? Stimmt etwas nicht?«

»Nehmt ihn mir ab.« Ich krallte an dem Silberreif um meinen Hals. Brenna trug einen ähnlichen Wendelring, und ihre Männer hatten Armreifen, die verdeutlichten, dass sie zu ihr gehörten. »Bitte nehmt ihn mir ab.«

Ich war so eine Närrin, so dumm. Ich hatte gedacht, wenn

ich geschickt verhandelte und meine Pflicht erfüllt hätte, könnte ich eines Tages entkommen. Aber diese Berserker hatten über ein Jahrhundert lang nach einer Gefährtin gesucht. Sie würden Kinder wollen, und sobald sie mich begattet hätten, würde es kein Entkommen mehr geben.

»Sabine?«

Meine Finger zerrten am Wendelring. »Nehmt ihn mir ab. Nehmt ihn mir ab. Ich will ihn nicht mehr.«

Maddox ergriff meine Hände, und Ragnvald entfernte den Wendelring.

Meine Atem rasselte schmerzlich durch meine Brust, die sich wie zugeschnürt anfühlte.

»Es tut mir leid«, sagte ich zu beiden. Meine Sicht verschwamm. »Ich kann das nicht.«

»Beruhig dich«, forderten sie mich auf. »Wir sind keine Grobiane. Du kannst mit uns reden.«

»Ihr versteht das nicht. Sie hätte mir helfen sollen, euch zu hassen«, tobte ich und spürte, wie sie von mir zurückwichen. »Ich sollte nicht ... Ihr wollt mich zu etwas machen, das ich nicht bin. Ich habe nie eingewilligt, eure Gefährtin zu werden. Kinder zu haben ... für immer zu bleiben ...« Ich rieb mir die Augen, bis ich ihre ernsten Mienen wieder sehen konnte. »Ich habe das alles getan, um euch zu helfen. Aus Mitgefühl. Damit ist es vorbei.«

»Sabine ...«

Ragnvald hob die Hand, und Maddox verstummte. »Empfindest du wirklich nichts für uns?«

»Ich ... ich weiß nicht, was ich empfinde. Aber ich will das nicht.« Ich schwenkte die Hand in Richtung der Höhle. »Ich will meinen eigenen Weg wählen können. Ich will mein eigenes Leben führen.« Das Bild von Brenna mit dem Kind im Bauch zwischen ihren zwei Alphas stieg vor meinem geistigen Auge auf, und ich wünschte, ich könnte es so einfach loswerden wie den Wendelring.

»Ihr könnt mich nicht hier festhalten«, sagte ich dem Boden zugewandt.

»Wir können schon. Aber wir werden es nicht tun, wenn du nicht bleiben willst«, erwiderte Ragnvald.

Maddox zeigte sò wenig an Regung, dass man meinen mochte, er hätte sich in Stein verwandelt. Also bestürmte ich ihn tobend.

»Du hast mich aus meinem Leben gerissen. Ich war dabei, meinen eigenen Weg zu gestalten. Ich hätte dich nie kennengelernt. Ich hätte dich nie gewollt.« Bei seinem plötzlich verletzten Gesichtsausdruck krampfte sich mein Magen zusammen. »Ich kann mich euch nicht hingeben, ohne mich selbst zu verlieren.«

Er wandte sich ab und ging weiter, auch als ich ihm nachrief.

»Es tut mir leid, Maddox. Bitte.« Ich sank zu Boden.

Ragnvald trug mich zur Höhle und legte mich aufs Bett. Dort gestattete ich mir zu weinen – um die Sabine, die immer einem vorsichtigen Weg folgte und nie die in ihrem Herzen vorgezeichneten Grenzen überschritt. Diese Frau war tot, verschwunden. Ich allein blieb zurück, ohne meine Gelübde als Schutzschild.

»Ich will zurück«, sagte ich, nachdem ich einen angespannten Nachmittag schweigend in der Höhle verbracht und darauf gewartet hatte, dass sich der Sturm verzog.

Ragnvald seufzte. »Ich habe dir mein Wort gegeben. Also werde ich dich nicht aufhalten.«

»Meine Schwestern ...«

»Sie müssen bleiben. Sie werden als Gefährtinnen an Berserker übergeben.«

»Du willst zwei Mädchen dem ganzen Rudel überlassen?«, flüsterte ich entsetzt.

»Nein. Es wird einen großen Wettstreit geben – Spiele, bei denen jeder Krieger um ihre Hand rittern kann, um sie zu heiraten. Dem Sieger gehört die Beute.«

»Beute? Du redest von meinen Schwestern«, gab ich scharf zurück.

»Das geht nicht anders, Sabine. Es ist ein Bestandteil des Pakts, den wir mit Brennas Alphas geschlossen haben. Aber selbst, wenn es allein unsere Entscheidung wäre ... Das Leben, das Brenna mit ihren Gefährten hat, verleiht unserem Rudel zu viel Hoffnung. Wir haben nie geglaubt, dass wir als Männer leben könnten. Wir haben nie geglaubt ...« Verwunderung wetteiferte in den Zügen des Alphas mit Kummer. Ich spürte, wie er darum kämpfte, diese Gefühle in Worte zu kleiden. »Du hast uns einen Grund gegeben, aus unserer Höhle zu kommen.«

Ich habe auf meine Bestimmung gewartet, hatte Brenna gesagt, womit sie ins selbe Horn wie Maddox und Yseult gestoßen hatte. *Dein Schicksal.*

Ich beschwor alle Selbstsucht herauf und fragte: »Und was ist mit mir? Hast du mit der gesamten Versammlung über mein Schicksal gesprochen oder nur mit den Alphas und deinem Rudel?«

Ragnvalds Stimme klang plötzlich genauso scharf wie meine. »Du gehörst uns, und *nur* uns. Wenn wir sagen, du kannst gehen, dann kannst du gehen.«

Ich stand auf, ging zum Eingang der Höhle und blieb jäh stehen, als trüge ich immer noch eine Kette.

»Die Entscheidung liegt bei dir«, fügte Ragnvald abschließend hinzu.

Ich biss mir auf die Unterlippe. Konnte ich meine Schwestern wirklich zurücklassen?

»Was willst du, Sabine?«, sprach Maddox aus den Schatten. Seine raue Stimme verriet mir, dass er die Bestie kaum noch im Griff hatte.

»Ich will mein Leben zurück. Ich will frei sein.«

Er kam näher, die Schultern angespannt, als wäre er bereit, sich in seine Wolfsgestalt zu verwandeln und mich zu jagen wie Beute.

»Freiheit, kleine Hexe? Du würdest uns in Sklaverei zurücklassen?«

»Ich habe euch vor der Bestie gerettet ...«

»Und doch sind wir immer noch alle angekettet. Durch dich. An dich. Und du an uns. Weil wir lieben, werden wir niemals frei sein.«

»Ich werde euch niemals lieben«, spie ich ihm entgegen.

Maddox' Hand legte sich wie ein Kragen um meinen Hals.

»Maddox, tritt zurück«, warnte Ragnvald.

Das Gold in den Augen des tätowierten Kriegers verriet mir, dass seine Bestie dicht unter der Oberfläche lauerte. Ich wartete darauf, dass er mich eine Lügnerin schimpfte. Aber er ließ nur die Hand sinken. »Dann geh. Für dich gibt es hier nichts mehr.«

ICH WEINTE ZWAR EIN WENIG, als ich meine Habseligkeiten zusammenpackte, aber mein Entschluss geriet nicht ins Wanken.

»Ich bin bereit.«, teilte ich Ragnvald mit. Er erhob sich vom Feuer. Maddox war wieder verschwunden.

»Ich begleite dich, so weit ich kann. Danach sollte es sicher für dich sein, allein weiterzugehen. Die Berserker gelten als die gefürchtetsten Bestien auf dieser Insel, und du trägst unseren Geruch an dir.«

Wir marschierten bis zum Rand des Berserker-Gebiets. Ich dachte über alle möglichen Dinge nach, die ich sagen könnte, aber letzten Endes würde nichts meine Selbstsucht befriedigend erklären. Ich fragte mich, ob ich meine Schwestern je wiedersehen würde. Einen Teil von mir kümmerte es gar nicht. Zu gehen, fühlte sich an, als würde ich mir eine Gliedmaße abhacken. Ein tieferer Schmerz nistete sich in meinen Geist und mein Herz ein.

Ich schaute auf, als wir zu einem Hügel kamen, der einen mir bekannten Landstrich überblickte. Ragnvald blieb stehen.

»Da ist die Straße.« Er zeigte zu dem vielbereisten Weg. »Weiter kann ich nicht gehen.«

»Sag Maddox ...« Ich zwang mich, die Worte auszusprechen. »Sag ihm Lebwohl von mir.«

Ragnvald wartete, ob ich noch mehr hinzufügen würde. Als ich es nicht tat, seufzte er und rieb sich den Nacken, wodurch er weniger wie ein Wikinger und Eroberer aussah und mehr wie ein Junge, der zu schnell zu groß gewachsen war. »Er wollte dich nicht entführen.«

»Was?«

»Das Rudel hat ihn dazu gezwungen. Er hat dich für die anderen und für mich entführt. Wäre es nach ihm gegangen, er wäre lieber gestorben, als in dein Leben einzugreifen und deine Freiheit zu beschneiden.« Er sagte es völlig urteilsfrei, dennoch spürte ich das Gewicht seiner Worte.

Ragnvald zog mich in eine innige Umarmung.

»Geh nach Hause, Sabine.« Sein Daumen strich über meine Lippen, und als er zurücktrat, strahlte er wieder das kalte Selbstvertrauen eines Herrschers aus.

ICH GING NACH HAUSE. Die Hütte stank nach altem Rauch und Binsen und war voll von Laub. Die ersten Tage verbrachte ich damit, sie ebenso wie den Garten gründlich auf Vordermann zu bringen. Die meisten meiner Kräuter waren abgestorben, als hätte meine Gegenwart sie gedeihen lassen, nicht bloß die Erde, die Sonne und der Regen.

Das Dorf mied ich, und wenngleich ich mich auf der Suche nach Nahrung in den Wald wagte, kehrte ich nicht an die Stelle von damals zurück.

Als ich am dritten Abend nach einem langen Tag zurück nach Hause kam, fand ich Geschenke auf der Schwelle vor: drei tote Rebhühner und Feuerholz. Suchend sah ich mich um, konnte jedoch keine Spur von einem Besucher entdecken. Jedenfalls nicht bis zum nächsten Abend. Da erhaschte ich einen flüchtigen Blick auf einen dunklen Wolf, der zwischen den Bäumen entlang des Wegs umherschlich.

»Nein!«, stieß ich hervor und benutzte meinen Spazierstock, um ins Gebüsch zu schlagen. »Maddox. Komm heraus.«

Ein Windstoß hob mein Haar an und jagte mir ein Kribbeln übers Rückgrat. Maddox trat hervor. Er trug nur einen Lendenschurz und stellte seine Tätowierungen in voller Pracht zur Schau.

Sehnsucht befiel meinen Körper bei seinem Anblick, bevor ich mich daran erinnerte, dass ich mir nicht gestatten durfte, ihn zu wollen.

»Was machst du hier?«, fragte ich mit bewusst abweisender Stimme.

Einen Moment lang starrte er mich nur an, und mir fiel ein, dass es immer eine Weile dauerte, bis das Sprechvermögen zurückkehrte. Wahrscheinlich hatte er tagelang als Wolf gelebt.

»Du musst gehen«, sagte ich zu ihm. »Ich habe meine Wahl getroffen. Ich will dich nicht.«

Als es ihm schließlich gelang, Worte zu bilden, konnte ich seine kratzige Stimme kaum verstehen. »Du denkst, du würdest Freiheit wählen. Aber so einfach ist das nicht.«

»Natürlich ist es das. Du bist damals hergekommen und hast mein Leben ruiniert. Jetzt geh und lass mich zufrieden.« Ich scheuchte ihn mit den Händen weg. Als er sie mit eisernem Griff abfing, entfuhr mir ein quiekender Laut. Ich kämpfte, aber er zog mich näher, bis mir sein wilder, perfekter Geruch in die Nase stieg. Da hörte ich auf, mich zu wehren.

»Und was ist mit den Männern, die dich anglotzen? Was mit dem Priester, der deinen Tod will? Er kann deine Macht nicht kontrollieren und darf nicht zulassen, dass etwas stärker wird als sein Glaube.« Maddox schüttelte mich. »Wer wird dich beschützen, wenn sie mit Seilen kommen, um dich zu fesseln, und mit Fackeln, um dich anzuzünden? Ich werde nicht tatenlos mit ansehen, wie du von Männern vergewaltigt wirst, die dich nicht besitzen können. Ganz zu schweigen von meinem Rudel ...« Mit einem stockenden Winseln verstummte er.

»Was ist mit deinem Rudel?«

Diesmal wich er mit hängendem Kopf einen Schritt zurück. »Die anderen haben gedroht, dich zurückzuholen. Ragnvald kann zwar über sie herrschen, trotzdem bleibe ich bei dir, um jeden zu töten, der unser Gelübde, dich freizugeben, zu brechen versucht.«

»Es tut mir leid.« Konnte ich diese Worte je oft genug sagen, um meine Selbstsucht wiedergutzumachen? »Ich muss mir treu bleiben.«

»Ich verstehe.« Er ließ meine Hände los. »Ich habe mich vom Rudel losgesagt und werde für den Rest meines Lebens über dich wachen.«

»Aber du bist ein Wolf. Ohne das Rudel ... stirbst du.«

Er stand immer noch nah bei mir, und ich konnte nicht dagegen an. Ich berührte seine Kieferpartie, als mir letztlich die tiefen Schatten darin auffielen, die angespannten Linien in den Erhebungen und Vertiefungen seiner perfekten Züge. Maddox schloss die Augen, als würde meine Berührung gleichzeitig brennen und ihn trösten.

»Ja. Ich schenke dir die Freiheit.« Er zuckte zurück, weg von mir. »Mehr erlaubst du mir nicht, dir zu geben.«

Bevor er in den Wald enteilen konnte, rannte ich hinter ihm her. »Maddox ... warte. Ragnvald hat mir erzählt, dass du mich zuerst gar nicht entführen wolltest. Ist das wahr?«

»Ja. Ich wollte ihn und uns alle sterben lassen. Du warst unschuldig. Du hattest nichts getan, um das verfluchte Leben zu verdienen, das wir führen. Das Rudel hat gedroht, dich zu holen. Die anderen hätten dich so oder so entführt, und meine Absichten wären umsonst gewesen.«

Ich überbrückte den Abstand zwischen uns und packte ihn am Arm. »Warum hast du mir das nicht gesagt?«

Seine Schultern strafften sich vor Anspannung. »Hätte es denn etwas geändert? Die endgültige Entscheidung, dich zu holen, habe ich getroffen. Es hat mich nicht gekümmert, dass es gegen deinen willen passiert ist. Ich habe mich dafür abgehärtet, dass es mich nicht kümmern würde.«

Lügner, hätte ich am liebsten gesagt. »Warum bist du trotzdem selbst gekommen?«

Er verlor – oder gewann – den Kampf gegen seine Bestie und drehte sich mir vollständig zu. »Weil ich keinem anderen erlauben konnte, dich anzufassen. Sabine ...« Er küsste mich nicht, doch wo seine Finger über meine Haut strichen, hinterließen sie eine Spur von Feuer. Verlangen durchströmte und drohte, mich zu überwältigen.

»Nein.« Ich riss mich los. »Das kann ich nicht tun.« Damit zog ich mich in meine Hütte zurück und schloss die Tür, bevor er mir folgen konnte.

Ich habe darum nicht gebeten, sagte ich mir entschlossen. Ich hatte ein Recht auf meine Freiheit.

»Abgesehen davon«, murmelte ich bei mir, während ich vor der erkalteten Feuerstelle auf und ab lief. »Liebe macht eine Frau schwach.«

Die Nacht brach an, und mit ihr setzte Regen ein. Ich konnte das Bild eines mitternachtsdunklen Wolfs nicht verdrängen, der auf der anderen Seite des Wegs stand und die Hütte bewachte, die Augen halb gegen den Wind geschlossen.

Liebe macht einen Mann schwach.

Als der Morgen anbrach, marschierte ich hinaus. Ich hatte weder gegessen noch geschlafen. Der Wolf auch nicht, denn er hob sofort den Kopf, als ich auf ihn zuging, in einer Hand meinen Spazierstock, in der anderen einen Sack voll Kräutern.

»Bring mich zu Ragnvald.«

11

Der Alpha saß in der Nähe des Höhleneingangs am Feuer, halb in den Schatten, halb im Licht. Er schaute auf, als wäre ich nur für eine kurze Weile weg gewesen. Mein gesamter Körper schmerzte von dem langen Marsch, aber ich begrüßte die Schmerzen.

»Ich will ein Haus«, erklärte ich. »Meine eigene Unterkunft mit Türen, die ich schließen kann. Wer eintreten will, muss anklopfen, und ich entscheide, ob ich ihn hereinlasse oder nicht.«

»Ich denke, das lässt sich einrichten«, meinte Ragnvald.

»Danke.« Eine leichte Brise zerzauste sowohl ihm als auch mir das Haar, als würde der Wald seufzen.

Als ich zurückschaute, stand Maddox als Mann da. Durch die Magie der Verwandlung trug er einen Lendenschurz aus Leder um die Mitte und ein Fell über die Schultern. Er sah abgehärmt und hungrig aus. Mich bestürmten Schuldgefühle, weil ich ihm das angetan hatte.

»Er kann vielleicht eine Weile nicht sprechen, aber die Rudelbindungen sind wiederhergestellt«, sagte Ragnvald.

Ich ergriff mit einer Hand die des blonden Anführers

und streckte die andere nach dem tätowierten Krieger aus. Als Maddox meine Finger küsste, durchlief mich ein Schauder.

Wir sind im Geist miteinander verbunden, vernahm ich deutlich von Maddox, obwohl ich die Worte nicht mit den Ohren hörte. *Die Paarungsbindung ist vollzogen. Ich weiß nicht, wann es passiert ist.*

»Ich glaube«, erwiderte ich, »sie war immer vorhanden. Und du hast das gewusst, nicht wahr?« Maddox' Lächeln ließ seine Eckzähne aufblitzen. »Ich habe dich von Anfang an gehört. Wir hatten die Verbindung immer, sie hat bloß auf mich gewartet.«

Ich legte Ragnvalds Hand auf meine Hüfte, bevor ich mich Maddox zudrehte. »Du hättest dein Leben für mich geopfert.«

Mit Freuden. Seine Hand krallte sich in mein Haar und ließ es gleich darauf wieder los. Er fand die Stimme wieder. »Ich würde lieber tausend Tode sterben, als dir wehzutun.«

Ich berührte sein Gesicht und staunte darüber, dass es solch einen Mann wirklich geben konnte.

Hinter mir stand Ragnvald auf und schmiegte sich an meinen Rücken.

»Bleib bei uns, kleine Hexe. Es muss nicht für immer sein.«

Ich lächelte und drehte mich so, dass ich Maddox und Ragnvald gleichzeitig berühren konnte. »Lügner.«

Sie hoben mich zwischen sich. Jede Bewegung wirkte aufeinander abgestimmt. Ich ließ mich von ihnen ausziehen und hinlegen. Dabei berührte ich sie, so viel ich konnte, bevor sie mir die Hände hinter dem Rücken fesselten und die Peitsche holten.

»Dafür, dass du uns verlassen hast«, erklärte Ragnvald und hielt mich fest, während Maddox meine Brüste züchtigte, wieder und wieder. Ich schrie auf und akzeptierte den Schmerz. Dabei spürte ich, wie sich die Verbindung zwischen uns mit jedem Schlag weiter öffnete. Mit seinen geschickten Fingern an meiner Scham vertrieb Ragnvald den Schmerz durch ansteigende Erregung. Als mein Orgasmus durch mich brandete, schlang mir Maddox das Leder um den Hals und zog mich nach vorn auf sich. Mühelos drang er in mich ein, und ich ritt ihn, begleitet nur von den feuchten, klatschenden Lauten meiner Ekstase zwischen uns.

»Dir ist klar, dass es für dich jetzt kein Zurück mehr gibt, oder?«, Maddox' Hände packten grob meine Hüften. »Mir ist egal, was Ragnvald sagt. Wenn du zu fliehen versuchst, schleife ich dich an den Haaren zurück.«

»Du kannst es ja versuchen, Wolf.« Ich bleckte ihm die Zähne entgegen. Er rammte sich mit heftigen Stößen in mich, die mich aufschreien ließen. Ich heulte lauter, als Maddox die Bewegungen verlangsamte.

»Still, Sabine.« Die Männer neigten mich nach vorn, und Ragnvald öffnete mit einem ölbeschichteten Finger mein hinteres Loch.

»Dann nehmen wir dich vollständig, und du wirst nie wieder Vergnügen an anderen finden«, sagte Ragnvald, während er meinen Hintereingang fingerte. Mit Maddox nach wie vor in mir fühlte ich mich ausgefüllt, so herrlich ausgefüllt. »Du wirst nie wieder gehen wollen.«

Brummend schob ich mich seinem Finger entgegen, dem er erst einen zweiten, dann einen dritten hinzufügte, bevor er schließlich seine pralle Härte an meiner dunklen Öffnung ansetzte. Das Brennen, als er sich in mich presste, vermischte sich mit dem stechenden Kribbeln an meiner Vorderseite. Als ich aufschrie, umschlangen mich ihre Arme.

»Gib uns deinen Schmerz, Süße«, flüsterte Ragnvald. Als sich Maddox hochstemmte, um mich zu küssen, spürte ich, wie sich die Verbindung verbreitete, und der Schmerz verschwand, wurde weggefegt von der Strömung, die uns miteinander verknüpfte. Während ich mich vorne und hinten gedehnt zwischen ihnen befand, verspürte ich ein leichtes Pulsieren, vermochte jedoch nicht zu sagen, ob es wehtat oder sich gut anfühlte. Dann schwoll es an, und ich krallte die Finger panisch in Maddox' Schulter.

»So ist's gut. Halt dich an mir fest.«

»Gib dich hin, Sabine, und nimmt dir dein Vergnügen.«

Sie setzten sich in perfektem Einklang in Bewegung. Ein Schrei braute sich tief in meiner Kehle zusammen, während sie mich zwischen sich wiegten.

»Zu viel?«, murmelte einer der beiden. Maddox. Ich umklammerte ihn fester.

»Bitte. Schneller, härter.«

Sie kamen meiner Aufforderung nach, und ich verlor mich in ihren Bewegungen, ertrank förmlich in der überwältigenden Freude, die ich über die Verbindung spürte. Ich war ich selbst und doch nicht ich selbst, ein tosender Zusammenfluss von drei aus unseren Seelen bestehenden Strömen, die in ein Meer mündeten.

Du wirst dich nicht verlieren, beteuerten sie. *Das lassen wir nicht zu. Du bist Sabine, und du gehörst uns.*

Sag unsere Namen, verlangte Ragnvald.

Ich schnappte nach Luft, als ich zu sprechen versuchte.

Maddox stemmte sich abermals hoch und küsste mich, und ich schmeckte meine eigenen Tränen.

Nicht so, kleine Hexe. Sprich aus dem Herzen mit uns.

Ich fand den Pfad zwischen uns und flüsterte von Geist zu Geist: *Maddox. Ragnvald.*

Noch mal. In der Wirklichkeit beschleunigten sie ihre

Stöße in meinen Körper, und die Empfindung, die sich zwischen uns aufgebaut hatte, drohte, uns alle in winzige Scherben zersplittern zu lassen. Ich flüsterte wieder und wieder ihre Namen, eine Litanei, die mich zusammenhielt.

Maddox. Ragnvald.

Mein, antworteten die Krieger und senkten die Zähne in meinen Hals. Ich schrie vor Glück auf, und reine Ekstase breitete sich wie eine Explosion über die Verbindung aus. Auf jeden perfekten Moment folgte ein weiterer. Sterne spannten sich als endlose Konstellation über eine neue Welt, einen Ort, an dem ich mit meinen Männern ewig leben konnte.

»Du hast gewusst, dass es so kommen würde«, flüsterte ich Maddox viel, viel später zu, als wir uns gegenseitig in den Armen hielten. »Du hast gewusst, dass ich mich in euch verlieben würde, wenn ihr mich nehmt. Gib es zu, Wolf.«

Er ergriff meine Hand und legte sie über sein Herz. »Schhh. Schlaf jetzt, kleine Hexe. Darüber zanken wir morgen.«

Ich schlief mit seinen gekrümmten Fingern in mir ein.

Einen Mond später stand ich auf der Schwelle meines neuen Zuhauses, errichtet aus mächtigen, von Berserker-Händen bearbeiteten Baumstämmen.

»Und hier ist das Bett.« Maddox führte mich an der riesigen Feuerstelle aus Stein vorbei, die eine halbe Wand einnahm. »Wir haben es selbst gebaut. Kein anderes Mitglied des Rudels wird es je anrühren.«

In der Mitte der Hütte stand ein großer Baum. Sorgfältige Hände hatten ein Kopfteil aus dem lebenden Stamm geschnitzt, und die Äste bildeten einen Baldachin. Ich fuhr die in die Rinde geritzten Runen nach.

»Passt es dir so, kleine Hexe?«

Da ich kein Wort herausbrachte, nickte ich nur.

»Dann lassen wir dich jetzt allein, damit du dich an deinem neuen Zuhause erfreuen kannst«, sagte Ragnvald. Er und sein Kriegerbruder wechselten ein Grinsen.

Nachdem ich sie hinausbegleitet hatte, schloss ich die schwere Tür. Dann lehnte ich mich dagegen und wartete.

Das Klopfen ertönte nur wenige Augenblicke später, so laut und nachdrücklich, dass es meinen an das Holz gedrückten Körper erschütterte.

Lächelnd öffnete ich die Tür für meine zwei Krieger und lud sie mit einer schwungvollen Handbewegung zu mir ein.

Die Berserker-Saga geht mit Übergeben an die Berserker weiter, Muriels Geschichte.

KOSTENLOSES BUCH

Hol dir ein kostenloses Exemplar von Gezeugt von den Berserkern und Eine Berserker-Geburt, indem du dich für meinen Newsletter anmeldest.

*Der dritte Teil von Daegans, Brennas und Samuels Geschichte. Lies den ersten Teil in **Verkauft an die Berserker** und den zweiten in **Gepaart mit den Berserkern**. Diese Novelle ist kostenlos, ein Geschenk.*

https://BookHip.com/PKRMGC

DIE BERSERKER-SAGA

Verkauft an die Berserker
Gepaart mit den Berserkern
Entführt von den Berserkern
Übergeben an die Berserker
Gefordert von den Berserkern

DIE FRAUEN DER BERSERKER

EBENFALLS VON LEE SAVINO

DIE AUTORIN

Lee Savino ist *USA Today*-Bestsellerautorin. Außerdem ist sie Mutter und schokosüchtig. Sie hat eine ganze Reihe von Büchern geschrieben, die alle unter die Rubrik »smexy« Liebesgeschichten fallen. *Smexy* steht dabei für »smart und sexy«.

Sie hofft, dass euch dieses Buch gefallen hat.

Besucht sie unter:
www.leesavino.com

OHNE TITEL